세상에서 가장 아름다운 곳,

동네책방

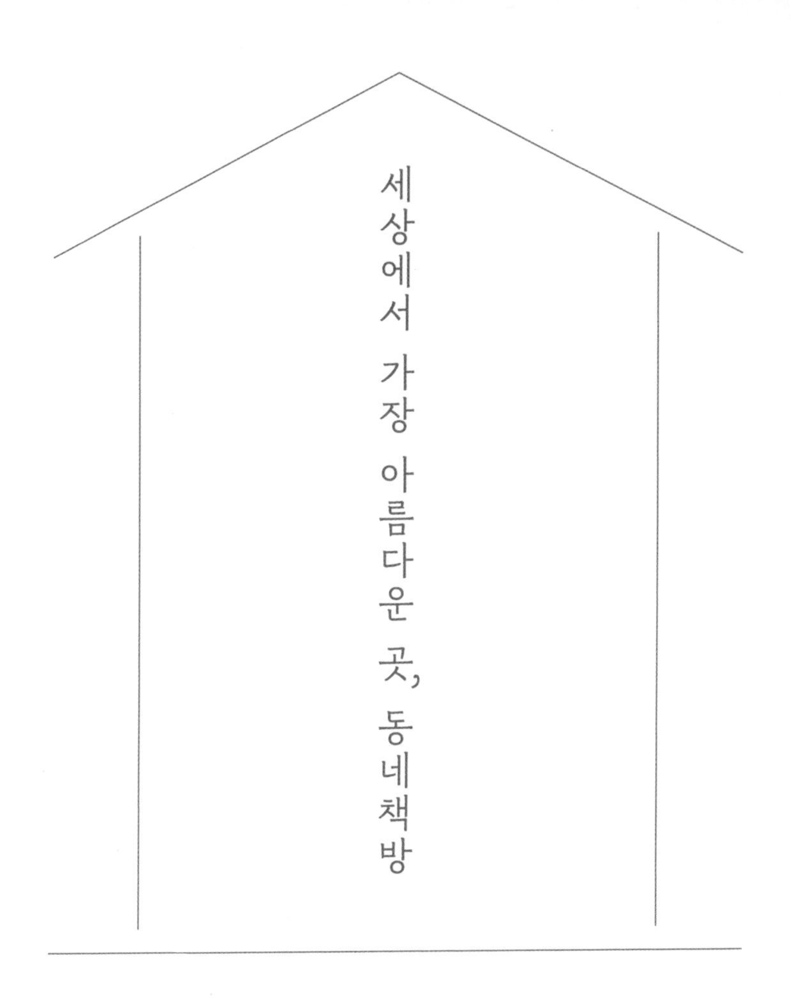

세상에서 가장 아름다운 곳, 동네책방

이춘수 남윤숙 하명욱 임후남 정원경 지은숙 유민정 여태훈
이선경 김현숙 이진 정보배 은종복 박주현 고승의 마스터J
양유정 박진창아 문주현 슬로보트 여희숙 김남기 김영수 글

강맑실 그리고 엮음

사계절

차례

여
는
글

책과 사람이 만나는 아름다운 풍경, 동네책방

올해로 사계절출판사는 창립 40년을 맞습니다. 지난해부터 차분하게 창립 이후 40년을 돌아보면서 무엇보다도 든든한 버팀목이 되어준 독자와 동네책방에 고마움을 전하고 싶은 마음이 커졌습니다. 하지만 대표 직함을 가지고 책방을 방문하면 자칫 부담이 될까 봐 다른 방법을 궁리하던 차에 어쭙잖게 책 한 권을 내게 되었지요. 책이 나오고 한 달 정도는 부끄러워 숨기만 했는데 동네책방 대표들을 만나고 싶은 간절한 마음에 용기를 냈습니다. 5월에서 8월까지 저자와의 만남을 신청하는 동네책방은 어디든 찾아가겠다는 공문을 보낸 거지요. 스물세 곳에서 신청했고, 저는 감사한 마음을 안고 동네책방으로 떠났습니다. 이 책에 나오는 동네책방들은 저의 책방 순례 순서이기도 합니다. 동네책방 순례는 뜻밖의 즐거움으로 가득 찬 여행이었고, 깨달음과 위로의 여정이었습니다.

한적한 동네 뒷골목에서, 사람도 많지 않은 시골에서 책을 좋아하고 사람을 좋아하는 책방 주인장들과 그들을 꼭 닮은 책방을 만났습니다. 주인장들의 셈법은 우리의 셈법과 완전히 달랐습니다. 직접 만든 빵과 커피를 팔고 자연식 식당을 겸하고 글을 쓰고 번역하고 강연하는 것으로 적자를 메꾸면서도 책방 하길 잘했다고 생각하는 셈법, 기적적으로 쥐꼬리만큼이라도 흑자가 난 달에는 단골손님들을 불러 신나게 회식하는 셈법 말입니다. 동네책방에서는 이렇듯 숫자로는 환산할 수 없는 신기한 일들이 끝없이 이어지더군요.

동네책방은 책만 파는 곳이 아닙니다. 동네 사람들을 부르는 곳이기도 하지요. 지역공동체 문화가 싹트는 곳이고요. 동네 사람들이 모여 나눈 책의 메시지는 그네들의 삶으로 확장되고 퍼져나갑니다. 책방 없는 동네는 그래서 삭막하지요. 동네책방의 대표들은 책을 통해 아름다운 세상을 만들기 위해 연대하는 진정한 투사들입니다.

봄에 시작해서 여름까지 이어진 동네책방 순례의 마지막 순서는 부산의 '책과아이들'이었습니다. 그날도 비가 무섭게 쏟아졌고 비행기는 지연을 거듭하더니 나중엔 아예 뜨지도 않았지요. 세찬 바람과 비를 뚫고 가장 이른 새벽 비행기에 오르기를 얼마나 잘했는지 몰라요. 무사히 책방에 도착했고, 어김없이 반가운 만남이 이어졌으니까요.

동네책방 순례를 마치고, 제가 받은 감동의 무게를 견딜 수 없어 며칠을 달뜬 채 보냈습니다. 다시 용기를 내어 책방 대표들한테 편지를 썼지요. 여러분의 진솔한 삶을 책으로 내자고, 수많은 사람들에게 이 이야기를 들려주자고. 다행히 어느 한 분 마다하지 않고 함께 책을 만드는 이 아름다운 여행에 동행해주었습니다. 저는 서툰 솜씨나마 정성껏 동네책방 그림을 그렸고요. 전문가가 아니다 보니 그림 한 장 그리는 데도 시간이 많이 걸렸지만, 다정했던 만남의 기억이 생생하게 떠올라 그리는 내내 제 얼굴에서 미소가 사라지지 않았습니다.

저의 까다로운 청을 귀찮아하지 않고 기쁜 맘으로 흔쾌히 받아들이고, 그 삶만큼이나 아름다운 글을 써준 책방 주인장들에게 다시 한번 뜨거운 마음을 전합니다. 책방 순례에 함께해준 독자분들에게도 한 분 한 분 잊지 않고 기억하고 있다는 말 꼭 전하고 싶습니다. 아직 가보지 못한 수백 개의 빛나는 동네책방 주인장들에게도 이 자리를 빌려 머리 숙여 감사 인사를 전합니다. 언제라도 전국의 동네책방을 찾아 떠날 수 있다는 게 얼마나 큰 기뿜인지 모르겠습니다. 책과 사람을 향한 열정으로 가득한 여러분의 아름다운 삶 덕분에 제가 살고 있습니다. 또 가고 싶고, 또 보고 싶습니다. 저 역시 여러분의 마음을 고이 담아 좋은 책들 꾸준히 펴나가겠습니다. 수많은 독자들이 자신이 머무는 마을의 동네책방에서 함께 책을 읽는 광경은 바로 '세상에서 가장 아름다운 곳, 동네책방'의 얼굴입니다.

2022년 4월

다음 여행을 꿈꾸며

강맑실

강맑실

사계절출판사에서 가장 오래된 편집자이자 출판사 대표. 숲과 사람, 생명과 이야기를 사랑해 그들 모두를 그러안은 책을 만들고 싶어 한다. 학창 시절에는 그림과 담을 쌓고 살다가 우연한 기회로 몇 년 전부터 그림을 그리고 있다. 쓰고 그린 책으로 『막내의 뜰』이 있다.

오롯이서재

—

고요하게 자신의 내면을 들여다보고
모자람이 없이 이웃과 소통하며
온전하게 세상을 사랑하는 책과 공간

책은 오래전부터 자신을 성찰하고 서로 소통하는 데 가장 기본이 되는 길이었다. 그 길은 비록 좁고 조금 거칠긴 해도 책을 쓴 사람과 만든 사람들의 시간이 녹아 있고 책방의 공간도 담겨 있다.

OPEN

오롯이서재에서
오롯이 마주해요

'오롯이서재'는 책을 아주 좋아하지는 않지만 그렇다고 딱히 싫어하지도 않는, 책보다는 스마트폰과 수다를 훨씬 좋아하는 부부가 운영하는 동네책방입니다. 책을 아주 많이 좋아하고 또 많이 읽은 사람이 책방을 해야 한다는 조건이 있었다면 저희 부부는 책방을 꿈도 꾸지 못했을 것입니다. 그랬던 저희 부부가 언제부터인가 책방을 하고 싶다는 꿈을 갖게 되었고 또 정신을 차려보니 돈 안 되는 책방 문을 아침저녁으로 여닫고 있습니다.

독서량이 많거나 책에 대한 애정이 심히 깊은 것은 아니지만 책을 좋아하긴 했습니다. 어쩌다 한번 책을 읽다가 새로운 세계와 생각들을 만나면 그 얘기를 하느라 밤이 깊어가는 것을 잊었습니다. 또 시내에 일정이 생기면 책방을 약속 장소로 잡거나 일부러 들러서 세상 굴러가는 소리를 듣는 것도 좋아했습니다. 그렇게 책을 읽고 듣고 나누면서 자기 자신과 사람들에 대한 이해가 깊어졌고 또 그만큼의 오해도 자랐습니다. 이해와 오해는 서로 뒤섞여 얽히면서 빈틈을 만듭니다. 이해와 오해 사이의 틈은 불편하고 낯설기도 했지만 때로는 새로운 것을 채우거나 발견할 수 있는 설렘의 공간이기도 했습니다. 그리고 저희 부부는 이 공간을 '고요하게 그리고 모자람 없이 온전하게', 오롯이 마주하기로 했습니다.

오롯이서재는 '고요하게 자신의 내면을 들여다보고 모자람이 없이 이웃과 소통하며 온전하게 세상을 사랑하는 책과 공간'이 있는 동네책방입니다. 책보다 훨씬 가볍고 빠른 콘텐츠가 손전화기에 펼쳐진 지 오래입니다. 하지만 책은 그보다 훨씬 오래 전부터 자신을 성찰하고 서로 소통하는 데 가장 기본이 되는 길이었습니다. 그 길은 비록 좁고 조금 거칠긴 해도 책을 쓴 사람과 만든 사람들의 시간이 녹아 있고 책방의 공간도 담겨 있습니다. 그래서 책장들 사이에 켜켜이 쌓여 있던 시간과 공간은 서가에서 책을 꺼내 펼치는 순간 함께 열립니다. 우주보다 넓고 깊은 길이 우리 앞에 펼쳐집니다. 책이 있어서, 동네에 책방이 있어서 그런 길을 더불어 꿈꾸며 걸어갈 수 있습니다. 우리 동네 사람들이 우주보다 넓고 깊은 시간과 공간을 오롯이서재에서 오롯이 누렸으면 좋겠습니다. 책을 통해 자기를 들여다보고 이웃을 돌아보면 좋겠습니다. 서로가 가진 것을 내놓고 나누며 새로운 시간과 공간을 또 만들어가면 좋겠습니다. 쉽지 않은 일이고 때로 까칠해질 때도 있겠지만 그저 그런대로 받아들일 수 있는 여유도 함께 만들 수 있다면 좋겠습니다.

'책방을 하지 않았다면, 우리 동네에 오롯이서재가 없었다면, 이렇게 좋은 사람들을 만날 수 있었을까?' 생각할 때가 있습니다. 그러면 정말 책방 하기를 잘했다는 생각이 듭니다. 6학년이라고는 도저히 믿기 힘든, 그러나 오롯이서재의 엄연한 단골 소녀가 있습니다. 독서의 양과 깊이 그리고 범위에 있어 독보적입니다. 이 소녀가 동네에 있는 1~2학년 동생들을 두셋씩 모아 역사책 모임을 만들었습니다. 약속한 분량을 미리 읽는 것은 어른에게도 쉽지 않은데 어린 친구들이 웬만해선 다 읽고 옵니다. 커뮤니티룸에서 모임이 시작되면 책을 읽으며 궁금했던 것, 이야기하고 싶은 것들을 마구마구 던지고 받는 소리가 문틈으로 새어 나옵니다. 책방지기로서 손님들이 책을 읽고 나누는 걸 보는 것만으로도 좋은 일이지만 손님들끼리 언니이자 누나가 되고 동생이 되어서 더 좋습니다. 친구를 데려와서 나란히 앉아 책도 읽고 수다도 떨며 놀다 가는 친구 같은 손님들이 생겨서 좋습니다. 오롯이서재에는 소외된 이웃과 난민들을 도우며 사는 자유로운 영혼의 활동가 부부도 찾아옵니다. 사람다운 삶을 찾아 낯선 뭍에 오른 이들을, 디딜 곳 없고 기댈 곳 없는 이들을 기꺼이 이웃으로 환대하고 자기 삶을 더불어 나누는 사람 냄새 나는 분들입니다. 또 잡초와 꿀벌을 좋아해서 주말이면 산과 들로 다니며 농사지으며 눌러앉을 땅을 찾아다니는 흙냄새 나는 분들이기도 합니다. 오롯이서재의 서가에는 이런 분들이 추천하는 책, 직접 쓴 책 들이 함께 꽂혀 있습니다. 언니, 오빠, 누나, 동생 같은 친구와 친구의 친구들이 함께 읽는 책, 사람 냄새, 흙냄새 나는 책들이 오롯이서재에 생겨서 참 좋습니다.

동네책방을 준비하면서 나름의 기대와 생각이 참 많았습니다. 내로라하는 전국의 동네책방들을 두루 돌아다니며 이것저것 살폈습니다. 밤을 새워 우리 책방에서 하고 싶은 일들, 만나고 싶은 사람들을 이야기했습니다. 하지만 막상 시작해보니 기대하고 생각했던 것들이 그대로 이루어지지는 않았습니다. 막연한 동경의 대상이었던 책방이 생활의 한 부분으로 자리 잡으면서 현실적인 어려움도 많이 겪고 있습니다. 우선 기대했던 것보다 책을 읽는 사람이 훨씬 적었습니다. 동네책방은 생각했던 것보다 더 돈이 안 되는 장사라는 것을 알게 되었습니다. 그럼에도 불구하고 책

책이 있고 음악이 흐르고 커피 향이 나는,
무엇보다 사람들이 있어 좋은 공간

| 오롯이서재 |

방지기로서의 삶은 생각하고 기대했던 것보다 훨씬 만족스럽습니다. 돈 없이는 살 수 없지만 돈으로는 살 수 없는 그 무엇을 오롯이서재에서 누리고 나누는 삶을 살 수 있기 때문입니다. 그래서 경제적으로 독립한 동네책방을 일구겠다는 생각은 사실상 접었습니다. 지속가능한 책방을 만들기 위해 당장 필요한 것은 책방의 경제적 독립보다는 책방지기의 삶을 담보하는 다양하고 총체적인 경제활동입니다. 좋아하는 책방을 계속하기 위해 책방에 모든 것을 걸지 않기로 한 것입니다. 책방을 사무실 겸 연구실로 삼아 다양한 외부 활동, 부업을 기획하고 수익을 냅니다. 돈 안 되는 본업인 책방과 돈 되는 부업의 경계를 스리슬쩍 넘나들면서 책방지기의 삶을 이어가고 있습니다.

모든 일이 그렇듯이 책방을 운영하는 일도 항상 좋지만은 않습니다. 경제적 어려움은 당연하거니와 책을 읽고 고르고 정리하고 소개하는 것이 마냥 즐거운 일도 아닙니다. 나름의 애정과 거금을 들여 사 온 책들이 하릴없이 재고로 쌓여가는 것을 보면 가슴이 답답해지기도 합니다. 작가나 출판사와 기껏 조율해서 북 콘서트, 작가와의 만남 같은 행사를 열어도 참가자가 없어서 불안하기도 하고 민망하기도 합니다. 이렇듯 책에 관한 관심과 수요는 날이 갈수록 줄어들고 있지만 그럼에도 책방의 가능성을 새롭게 보았습니다. 책방에는 책만 있지 않습니다. 책방에는 시간과 공간도 있습니다. 책에 담겨 있던 시공간이 동네책방을 통해 골목에 펼쳐질 때 동네는 이전의 그곳과 전혀 다른 공간이 됩니다. 매일매일 오가며 마주하던 일들은 이제 새로운 가능성이 됩니다. 슬프거나 기쁜 일, 재미있고 신나는 일, 때로는 속상하고 답답한 일들이 동네책방에서 새롭게 읽히고 쓰입니다. 그래서 매일매일 똑같은 삶을 살며 죽어가는 사람들에게 오롯이서재가 새로운 하루하루를 열어주기를 소망합니다.

저희는 약 3년의 고민과 준비 기간을 거쳐 오롯이서재를 시작했습니다. 이미 큰돈이 들어갔고 그 돈을 언제 회수할 수 있을지 생각하면 답이 나오지 않습니다. 그렇다고 해서 당장 망할 것 같은 불안에 떠는 것도 아닙니다. 힘들긴 하지만 찾아주시는 손님들, 책방을 하지 않았다면 만나기 힘들었을 이웃들과의 새로운 만남 덕분에 보람 있고 즐거운 시간들을 보내고 있습니다. 세상에서 가장 행복한 동네책방, 오롯이서재에서 계속 뵙기를 기대하겠습니다.

이춘수

일하는 목회자로, 아내 안현미와 함께 책방을 운영하며 프리랜서 장례 지도사로도 활동 중이다.

한양문고 주엽점

—

동네 사람들의 삶과 지역 공동체를 하나로 잇는,
골목길을 닮은 책방

나는 오늘도 한양문고 골목길을 빗자루로 쓴다. 누군가와 또
새로운 만남과 일을 엮기 위해서. 한양문고는 바로 그런 곳이니까.

나는 한양문고의
청소부입니다

"또 빗자루 들었어요?"

서점을 종종 찾는 친구의 칭찬 반 걱정 반 어린 아침 인사다. 평소에도 머릿속이 복잡할 때마다 정리를 핑계 삼아 모든 걸 뒤집고, 버리곤 한다. 집 안 물건이야 내 것이니 내 마음대로 한다지만 서점은 그러기가 쉽지 않다. 공간의 규모도 크거니와 내 것이라기보다는 우리 서점 식구들 모두의 것인 게 대부분이니. 그럼에도 여러 차례 공간 리모델링을 거치다 보니 구석구석 청소해야 할 데가 한두 곳이 아니다. 몇 안 되는 직원들에게 그런 곳까지 청소하라고 하기에는 좀 미안하다. 서가 규모를 줄이면서 사실상 일터 공간을 줄여 편의를 제공해준다고 약속한 셈인데, 청소 공간이 늘어난다면 공수표를 날린 셈 아닌가. 그러니 빗자루는 내

묶일 수밖에.

아이들을 낳고 서점인으로서 일을 잠시 쉬는 기간이 있었다. 30여 년 전 서울 외곽의 좁은 골목길은 아이들의 놀이터였고, 거기에 마루나 살짝 기운 의자가 놓이면 어른들의 사랑방이었다. 나는 아침저녁으로 골목길을 쓸곤 했다. 마치 그곳도 내 집인 양. 그 당시의 문화이기도 했지만 난 사람 냄새가 물씬 나는 그 골목길이 참 좋았다. 골목을 돌아 나가면 마치 미지의 세계가 펼쳐지기라도 할 것처럼 두근거리는 순수한 마음도 있었다. 아마도 집 안에서 아이들의 엄마로만 남아 있고 싶지 않고, 저 골목길 너머로 뛰쳐나가고 싶은 마음도 있었기 때문이리라. 그때의 마음이 그렇게 강렬했던 걸까. 지금 한양문고 모습이 딱 그 골목길을 닮았다.

지금의 한양문고를 처음부터 머릿속에 분명하게 그림을 그리고 리모델링을 시작한 게 아니었다. 도서정가제와 지역도서관 납품이 지역서점으로서의 매출을 담보해주고 있기는 했지만, 그것은 내가 꿈꾸는 지역서점의 모습은 아니었다. 도서정가제의 필요성을 입법처에 제안하는 것도 힘들었지만, 특히 시민들에게 당위성을 설득하기란 쉬운 일이 아니었다. 게다가 인근에 대형서점이 들어서고, 특색 있는 작은 동네책방들이 생겨나는 시점에서 한양문고만의 색깔을 찾아내지 않으면 큰일이라는 위기감이 덮쳐왔다. 그건 누구도 해결해줄 수 없는 나의 문제였다.

그러던 차에 그 일이 벌어졌다. 만약 그 사건이 일어나지 않았다면 지금의 한양문고가 만들어지는 데 몇 년의 시간이 더 걸렸을지도 모르겠다. 어쩌면 모든 걸 놓아버리고 결국 문을 닫아버렸을지도.

바람이 몹시도 부는 날이었다. 비도 제법 세차게 퍼부어서 걷는 일이 만만치 않았다. 고양시에서 매년 의미 있게 진행하는 '걷기 행사'인데, 평소에도 집에서 서점까지 한 시간 남짓 자주 걷기에 무리 없는 코스라고 생각했다. 너무 만만히 본 탓일까. 지인과 담소를 나누는 와중에 바람이 휘몰아쳤고 나는 그대로 바닥에 쓰러져 정신을 잃었다. 돌풍에 뿌리가 뽑힌 나무가 그대로 내 등을 덮친 사고였다. 천만다행이었을까. 보도블록 경계석에 머리가 아닌 이가 부딪히면서 머리만 빼고 전신이 부서졌다. 그렇게 천국의 문 또는 지옥의 문 앞까지 갔다 왔다.

오랫동안 병원 신세를 지면서 별의별 생각을 다 했다. 머릿속을 떠나지 않는 한 가지 생각은 이것이었다. '이제 우리 서점은 어떻게 되는 걸까.' 전신에서 느껴지는 통증보다 그 불안함이 나를 더욱 괴롭혔다. 그런데 전화위복이었을까. 이 시기에 나는 사람을 얻었다.

한양문고는 두 섹션으로 나뉘어 있다.
한쪽은 한양문고만의 특색 있는 도서들이 가득한 서점과 문구이고,
다른 한쪽에는 일명 '한양문고 친구들'이라 불리는 단체들이 입주해 있다.

그전까지는 서점 안에서 직원들과 사장 사이에 보이지 않는 벽이 있었다. 그런데 그 관계가 조금 달라진 것이다. 부상으로 선장이 배에서 내리니, 다들 스스로 포지션을 맡아 배를 움직였다. 여러 차례 기우뚱할지언정 배는 침몰하지 않았다. 그리고 나는 그들을 믿고 배에 좀 더 속도를 내보기로 했다. 매출 자체를 늘릴 수 없다면, 적어도 쓸데없는 지출이나 과도한 업무 동선, 비효율적인 시스템 같은 것은 바꾸어야 했다. 그리고 제일 중요한 것. 서점은 책만이 아니라 사람도 북적여야 한다는 것. 도서관처럼 적막한 곳이 아니라 동네 사랑방처럼 시끌벅적해야 한다는 것. 마치 골목길에서 어른과 아이들이 떠드는 소리가 집 안에서도 다 들리는 것처럼 말이다. 나는 우리 서점을 꼭 그렇게 만들고 싶었다.

"사장님. 화분에 물 주는 거 너무 힘들어요."

그래서 식물 키우는 것도 내 담당이다. 참고로 난 식물 키우는데 젬병이다. 그럼에도 지하라는 공간을 적당한 식물로 채우지 않으면 화사하고 상쾌한 느낌을 줄 수 없는 게 현실이다. 혹자는 내가 지역 유지쯤 되어서 수차례 공사를 하는 줄 아는데, 잘 들여다보시라. 정말 돈이 많았다면 아예 문을 닫고 전부 확 바꿨겠지. 천장도, 바닥도 말끔하게 바꾸지 못했다. 지금의 모습이 최선입니까? 네, 지금으로서는 최선입니다. 그러니 당연히 만족스러울

리가 없다. 다만 이렇게 꾸려놓고 보니, 바로 내 어린 시절과 우리 아이들이 어린 시절을 보낸 바로 그 골목길을 그대로 재현해냈다는 생각이 드는 것이다.

이 골목엔 서점과 문구점이 있고, 저 골목엔 개인 서재가 있고, 이 골목엔 이웃이 들어와 일을 하고, 저 골목에서는 이런저런 행사를 하고, 막다른 골목엔 카페와 갤러리가 있고…. 그렇게 골목에서 만나면 서로 인사를 하는 정다운 공간이 바로 이곳 한양문고다. 비록 지역서점으로서 가장 큰 규모를 자랑하면서도 손님이 찾는 책을 다 갖추고 있지는 않지만, 우리 서점만의 큐레이션을 하고 전문성을 갖춘 직원들이 있다는 점에서 감히 자랑할 만하다.

그러니 내가 청바지에 티셔츠 차림으로 빗자루를 든다고 뭐가 부끄럽겠는가. 우리 서점 식구들이 이깟 먼지를 닦는 것보다 책을 한 권 한 권 골라내는 데 신경 쓰는 게 나는 더 좋다. 그까짓 화분, 말라 죽으면 어떠리. 물론 화분 값이 책 한 권 마진보다 더 비싸니, 오늘도 난 열심히 죽지 않게 신경 쓰고 있지만. (참고로, 요즘은 인공 화초도 워낙 진짜처럼 보여서 나도 물 주는 수고를 덜었다. 서점을 방문하시는 분들은 뭐가 진짜고 가짜인지 확인해보시길)

내가 우리 서점을 골목길 형태의 동네 사랑방으로 꾸민 뒤 찾아온 가장 큰 변화는 친절한 오지랖쟁이들이 많아졌다는 것이다. 그들은 하나같이 애정을 갖고 한양문고를 위해 뭐든 해주려고 한다. 나서기 좋아하지 않는 나를 위해 한양문고 이름으로 대신 나서주기도 한다. 심지어 그걸로 공치사도 안 한다. 그래서 나 역시 이 골목길을 지나다니는 이들을 서로 엮어주기 위해 애를 쓴다. 그들이 서로에게 도움이 되는 관계가 되길 바라며. 그러다 보면 이 힘들고 어려운 시기를 함께 헤쳐 나갈 수 있지 않겠는가.

나는 오늘도 한양문고 골목길을 빗자루로 쓴다. 누군가와 또 새로운 만남과 일을 엮기 위해서.

한양문고는 바로 그런 곳이니까.

남윤숙

'마이너스 매출'과 '대출'을 두려워하지 않는 고양시의 책방지기. 고양시의 대표 지역 서점인 한양문고에서 크고 작은 동네책방과 다양한 문화공동체와의 연대를 추구한다.

수상한 책방

—

간판도 홈페이지도, 번듯하고 넓은 공간도 없지만
책 좋아하는 사람과 그림책이 가득한
벽 하나짜리 책방

'누구도 배제하지 않는 공동체'를 꿈꿉니다. 그러기에 동네책방만 한 곳은 없을 테지요. 누가 많이 가졌고 적게 가졌는지 누가 더 배웠고 덜 배웠는지, '많고 적음'과 '더와 덜'은 중요하지 않습니다.

책방

수상하디 수상한
아름다운 책방

"책장수예요."라고 하면, 열에 아홉은 말합니다.

"명함 주세요."

"없는데요."

"홈페이지는요?"

"없…는데요."

"주문 링크는요?"

"것도 없…는데요."

"가게는요?"

"딱히 없…는데요. 친구들 작업실에 얹혀살아요."

심지어 구글에는 주소도 잘못 올려져 있다더군요. (얼마 전 누가 알려주었습니다)

'수상한책방'은 '작업실책방'이라고도 부릅니다. 친구들 작업실에 '얹혀살아' 그렇습니다.

책방을 이곳으로 옮긴 건 4년 전입니다. 처음 열었던 곳을 나와 새 거처를 찾던 중, 우연히 지금의 친구들을 만났습니다. 마침 그 둘은 작업실을 계약하려는 참이었고, 어찌어찌하여 그 작업실을 함께 쓰기로 했습니다. 벽이 네 개니까 셋이 각각 벽 하나씩, 남은 벽 하나는 함께. 그러고 보면 정확히 말해 수상한책방은 '작업실 책방'이라기보다 '작업실 한 벽 책방'이라 해야 맞겠습니다. 오갈 데 없던 가난한 책방을 선뜻 받아준 그때의 친구들이 늘 고맙습니다.

처음 찾아오는 사람들은 문 앞에서 꼭 전화를 합니다.

"제가… 3층에 올라오긴 했는데요, 간판…을 못 찾겠어요…."

엘리베이터 없는 가파른 계단을 세 층 올라오면(덕분에 월세는 싸지만, 무거운 책 박스를 들고 오르내릴 적마다 후회합니다), 수학학원 옆 작은 문에 색연필로 '302호'라고 쓴 A4 종이 한 장이 덩그러니 붙어 있습니다. 그러니, 맞게 찾아왔나 헷갈릴 수밖에요.

간판도, 번듯한 가게도 없지만, 책을 팔아 소소하게나마 살림에 보태고, 밥 사고 커피 사고 사람 노릇도 합니다. 번 돈을 얼마 떼어놨다가 의미 있는 일에 쓰기도 합니다. 그럴 땐 나도 조금은 괜찮은 사람처럼 느껴지고, 또 그 덕에 자존감이 무너지던 삶의 순간들을 잘 넘길 수 있었습니다. 그때마다 책방 하길 잘했다, 스스로를 위로합니다.

값나가는 거 없는 허름한 '작업실 책방'이라 좋은 점도 있습니다. 여는 사람도 오는 사람도 부담이 없습니다.

책장수는 대개 자리를 비우고(사는 게 뭐 그리 바쁜지요), 책이 필요하면 누구나 문을 열고 들어와(동네에 책방 비번이 깔려 있습니다) 책을 고르고 값을 내고 갑니다. 고요히 몇 시간 홀로 책을 읽다 가도 되고, 책이 싫으면 그저 빈둥빈둥거리다 가면 됩니다. (단, 너저분한 책방은 참아야 합니다) 모임 장소가 필요하면 편히 쓰시라 내어드립니다. "그래도 돼?" 묻는 이도 있지만, 몇 년 이리 지내보니, 사람은 생각보다 선한 존재입니다.

사실 수상한책방의 풀네임은 '마을그림책가게 수상한책방'입니다. 말하고 쓰기에 길어 책방 이름으로 마땅치 않지만, 굳이 이 긴 이름을 고집합니다. '마을'과 '그림책'은 수상한책방의 큰 정체성이자 두 축입니다.

마을에 책방이 필요하면 힘껏 손을 보탭니다. 마을 덕에, 재미난 일을 참 많이 했습니다. 마을 안 여러 공동체, 학교와 함께 강의를 열고, 모여 책을 읽고, 작당을 합니다. 마을과 학교 축제에는

'길바닥 책방' 판을 벌였고, 마을 길가 공사벽에 시를 적은 트레이싱지를 붙였습니다. 날이 좋으면 갯골에 돗자리를 펴고 그림책과 만화책을 깔았습니다. 팝업매장을 낸 적도 있었네요. '구멍가게 1호점, 2호점'이라 이름 붙여, 그림책을 전시하고 팔았습니다.

마을이 있고 마을 사람들이 있어, 책방이 있습니다. 사람들은 굳이 '정가'를 내고, '느리고 서툴러 불편함'을 감수하고 수상한 책방에서 책을 삽니다. 마을 안팎에서 '수상한그림책보따리'를 부러 구독해, 재고를 털어줍니다. 수상한책방에서 책을 사는 것이 돈이 아닌 마음인 걸 잘 압니다. 덕분에 책방이 7년을 버티었습니다. 두고두고 그 마음들을 갚을 참입니다.

아무래도 제일 즐거운 일은 '함께 책을 읽는 일'입니다. 그림책부터 벽돌책까지 별별 책을 꽤 긴 시간 마을 사람들과 함께 읽어왔습니다. 책모임은 대개 이름이 없고, 있다 해도 '11시 11분' '설렁설렁' '시시깔롱' 같은 이름들입니다. 책모임도 게으른 책장수를 똑닮았습니다.

'그림책'이야말로 책방의 가장 커다란 정체성입니다. 책방에 있는 책 대부분은 그림책이고, 책장수는 그림책 파는 일보다 그림책 이야기하는 일에 더 열심입니다. 그림책을 빼고는 수상한책방을 이야기할 수 없습니다.

수상한책방에서는 대개 어른들이 모여 그림책을 읽습니다. 어린이를 업신여겨서가 아닙니다. 아이는 그저 자기가 읽고 싶은 대로 어느 책이건 맘껏 읽으면 된다는 게 책방지기의 생각이라, 주로 어른들이 모여 '함께' 그림책을 읽습니다. 나를 위해 읽고, 남을 위해 읽습니다. 서로를 다독이는 데 그림책만 한 것이 없습니다.

나는 시골에서 자랐는데, 원래는 서울 아이였습니다. 초등학교 3학년에 전학을 갔습니다. 천성이 소심하고 부끄럼이 많은데 '서울말을 쓰는 것'도 놀림감이었습니다. 그 시절의 나를 그림책이 위로했습니다. 겨울이면 솔방울을 주워 난로에 불을 지피던, 한 학년에 한 반뿐인 낡은 시골 학교에, 거짓말처럼 도서관이 있었습니다. 눈처럼 하얀 벽에 스테인드글라스가 둘러쳐진 높다란 단독 건물. 서울에서도 책 보기 귀한 시절이었는데 나중에 들으니, 젊은 시절 그 학교에서 교생을 지낸 어느 대통령이 기념으로 지었다 합니다.

끼이익, 도서관 문손잡이를 돌리는 순간은 이 세상에서 저 세상으로 건너가는 마법 같았습니다. 몇 십 년이 지난 지금도 그 순간의 느낌이 선명합니다. 시골 학교가 낯설고 친구들의 놀림이 슬프던 아이는 책꽂이에 가득한 그림책과 동화책들 속에 숨어 자랐습니다. 지금의 나를 만든 팔 할은 그 시절, 그곳, 그 그림책들입니다. 고등학교 시절에는 잠시 만화책과 하이틴 로맨스에 밀려났지만, 살면서 어느 한 순간도 그림책을 놓은 적이 없습니다.

어른이 되어서도, 심심하거나 우울한 날, 사람과 세상에 상처받은 날엔 그림책을 읽었습니다. 아이가 생겼어도 그림책은 아이가 아닌 나를 위해 읽었습니다. 책방을 하는 지금은 '함께' 그림책을 읽는 시간이 많아졌지만, 여전히 그림책은 늘 나를 위한 것, 나를 위로하는 선물입니다.

우연한 연고로 수상한책방은 해마다 6월이면 가까운 어느 섬나라 빈민가 아이들에게 교과서와 학용품을 전합니다. 그 꾸러미에 늘 그림책을 한 권씩 넣습니다. 무게가 많이 나가 비행기로 나르자면 이런저런 눈치가 보이지만, 꾸역꾸역 상자들을 이고 지고 갑니다. 어린 내가 그랬듯, 이 아이들에게도 어린 시절 만난 '내 책' 한 권이 살면서 힘든 어느 날 문득, 위로와 힘이 되길 바라서입니다. 코로나로 3년째 못 가고 있지만, 책 팔아 번 돈을 조금씩 떼어둡니다. 다시 시절이 좋아지면, 그림책 꾸러미를 상자마다 가득 담아 졸리비 햄버거에 주스를 사 들고 아이들을 만나러 갈 참입니다.

옛말에 '이름대로 간다' 했는데, 어쩌다 보니 수상한책방 이름 따라 '수상하기 짝이 없는' 책방으로 삽니다. 6년을 꽉 채우고,

'마을그림책가게 수상한책방'으로 시작해
'책'을 나눌 수 있는 자리라면 어디든 찾아가 책잔치를 펼쳤다.

7년째입니다. "벌써?" 사람들도 놀라고, 대답하는 나도 새삼스럽습니다. 그러고 보니, 책방과 함께 늙어갑니다. 사람들과 함께하는 일은 책이 아니면, 책방이 아니면 못 했을 일입니다. 책방을 한 덕에 나 아닌 사람들을, 바깥을 돌아보며 살 수 있었습니다.

이쯤 되니, 책방을 하고 싶다며 묻거나 찾아오는 이가 더러 있습니다. "책방을 하고 싶은데, 할까요 말까요?" 나는 늘 "하고 싶은 일은, 하시라!" 합니다. 물론, 아름답지 않지요. 하루 종일 좋아하는 책에 파묻혀 사는 로맨틱한 일상을 꿈꾸겠지만, 책장수 일상은 내 뜻대로 돌아가지 않습니다. 책은 읽는 시간보다 만지기만 해야 하는 시간이 더 많습니다. 오늘만큼은 기필코 책 속에 파묻혀, 책만 읽고 지낼 테야, 아무 일도 하지 않을 테야! 다짐한 날도 이내 문의전화가 오고(주문전화는 차라리 반갑습니다), 누군가가 찾아오고, 크고 작은 사건 사고가 터지고, 온갖 세금고지서와 독촉장이 날아옵니다.

이제 막 책방을 시작했다면 어떻게든 버티시라고 말합니다. (70년도 아니고 겨우 7년 버틴 책장수가 감히…) 욕심 내지 말고(욕심이란 녀석은 끝없이 찾아오지만요), 남 보지 말고 자기 자신만 보고 가시라고요.

책방을 하며 주눅 든 적이 많았습니다. 번듯한 가게 하나 없고, 별 수익도 없는 초라한 책방이기에 자주 열등감에 시달립니다. 돈만큼 사람도 견뎌야 합니다. 나보다 남들에게 휘둘리는 날도 많았습니다. 책방은 사람을 상대하는 곳이기도 해서, 별의별 사람 별의별 일을 다 겪습니다. 수상한책방이 겪은 일 중 최고는 "돈은 못 벌면서 아름다우려고만 하는 역겨운 책방"이라는 비난이었습니다. 그 말을 면전에서 듣던 날, 기억력 나쁜 나를 대신해 마을 친구가 잊지 말라며 자기 수첩에 적어두었습니다. 분하지만, 그래서 으리번쩍 부자 책방이 되고 싶기도 하지만, 과연 책을 팔아 그게 가능할지는 아직도 모르겠습니다. 어물어물 10년을 채우면 그땐 알 수 있을까요. 다행인 건, 그럼에도 어찌어찌 잘 버티었다는 겁니다. 내가 감당할 수 있는 만큼만 했습니다. 남들 눈엔 한없이 모자라다 합니다. 별 수 없습니다. 이게 나인걸요. 그리하여 7년. 이 말도 안 되는 책방을 지켜낸 그럭저럭 쓸 만한 사람이라는 자존감은 얻었습니다.

'누구도 배제하지 않는 공동체'를 꿈꿉니다. 그러기에 동네책방만 한 곳은 없을 테지요. 누가 많이 가졌고 적게 가졌는지 누가 더 배웠고 덜 배웠는지, '많고 적음'과 '더와 덜'은 중요하지 않습니다. 책방 오는 데 그런 거 하나도 소용없지요. 빈손이어도 됩니다. 책방에 책이 이미 가득인걸요. 책 좋아하고 사람 내치지 않을 마음. 그것만 있으면 되는 곳이, 동네책방입니다. 늘 그래 왔듯이, 수상한책방은 내 것이나 네 것이 아닌, 모두의 것으로 지낼 생각입니다. "힘내!" "할 수 있어!" 이런 건 자신 없고요, 그저 "괜찮다, 다 괜찮다." 정도는 속삭일 수 있을 것 같습니다.

하명욱

이름보다 '고무고무'로 불리는 걸 좋아한다. 매일 그림책이나 읽으면서 세상 만만한(그리고 다정한) 할머니로 늙지 싶다.

생각을담는집

—

소나무 숲과 이웃하고 커다란 야생화 정원에 맞닿은,

음악과 시가 있는 시골책방

책방을 구실 삼아 나는 이곳에서 괜찮아지고 있고, 이곳을 다녀간
누군가도 괜찮아지고. 그래서 우리들 마음은 새까만 씨앗이
내년 봄 더욱 많은 꽃으로 피어나는 것처럼 환하게 피어나겠지.

생각을 담는 집

책방은 함께 치유하고 앞으로 나아가게 하는 공간

햇살이 좋은 가을, 마당을 어슬렁거리며 휴대폰 카메라로 수크령도 찍고, 억새도 찍고, 새까맣게 맺힌 꽃씨들도 찍고 있었다. 한참을 그러다 보니 어느새 햇살이 뜨거웠다. 차 소리가 나서 주차장 쪽을 보니 단골 할아버지 차였다. 차만 보고도 알 수 있는 것은 할아버지의 차가 트럭이기 때문이다.

"뭘 그렇게 찍고 있어요?"

차에서 내린 할아버지는 담배 한 개비를 물었다. 그러고는 책방 안으로 들어와 '달달커피'를 주문했다. '달달커피'란 믹스 커피. 할아버지를 비롯한 동네 어른들이 가끔 믹스 커피를 찾아서 준비해놓는다.

"내가 오늘 아침 선배한테 한참 혼나고 왔네요. 왜 계속 도전하지 않느냐고 야단을 치는 거예요. 안주하지 말고 살라고. 난 그냥 지금이 좋거든. 적당히 일하면서 읽고 싶은 책도 좀 보고, 어디 가고 싶으면 훌쩍 가고. 그런데 그 선배는 그런 내가 한심해 보인다는 거예요. 어떻게 생각해요?"

70 가까운 나이에 도전하지 않는다고 선배에게 야단을 맞다니, 나는 조금 의아해서 물었다.

"근데 무엇에 도전하라는 건지요?"

"투자를 하라는 거지. 너도나도 다 투자를 하고 사니까."

"하고 싶으세요?"

"아니요. 난 지금이 딱 좋아요."

"그럼 안 하심 되죠."

"알았어요! 내가 그 말을 듣고 싶어서 달려왔네요. 갑니다!"

평소 같으면 책방에서 책을 한 권 집어 들거나, 미리 전화로 주문한 책을 계산하고 오래 앉아 책을 읽고 가는 분이 오늘은 그렇게 후딱 나가셨다.

나는 할아버지가 바람처럼 사라진 후 다시 마당에 나가 나무도 좀 올려다보고, 주황빛 꽈리꽃도 좀 들여다봤다. 처음 시골로 이사 왔을 때 가까운 분이 했던 말이 생각났다.

"어쩌자고 시골로 들어갔어요? 나이 들수록 병원 가까운 도시를 떠나면 절대 안 돼요. 그리고 시골은 땅값이 오를 수가 없어요.

어떻게 해서든 서울에 살아야지. 어차피 갔으니 조금 살다 정리하고 서울로 와요."

그의 말이 이해 안 되는 것은 아니었다. 나이 들수록 병치레할 일이 많을 테고, 부동산이야 서울이 오르면 더 올랐지 지방이 더 오를 리가 없으므로. 그러나 그의 말이 듣기 거북했다. 이왕 정리하고 시골에 둥지를 틀었으니 잘했다, 몸 챙기면서 살라고 했으면 얼마나 좋았을까.

이곳에 와서 책방을 차리고 살아가는 지금, 단 한 번도 후회한 적이 없다. 후회는커녕 책방 하기를 백만 번 잘했다고 생각한다. 평양감사도 저 싫으면 그만인데 시골 생활에, 책방을 운영하는 일에 즐거움이 없다면 할 수 있을까.

어떤 일도 해보지 않고는 그 즐거움을 알 수 없다. 책방도 마찬가지다. 책방 하는 즐거움은 사실 한두 가지가 아니다. 가장 큰 즐거움 중 하나는 사람을 만나는 일이다. 그것도 책을 매개로 사람을 만난다.

며칠 전에는 오전 10시 반쯤 젊은 여성이 혼자 찾아와 점심도 거르고 오후 늦게까지 앉아 있다 갔다. 그는 소나무 아래에서 오래 책을 보고, 무언가를 끄적거리다 동네 한 바퀴를 산책하고 돌아와 다시 음료 한 잔을 주문해서 소나무 아래로 가서 앉았다. 큰 소나무 아래 앉아 있는 그의 모습은 그야말로 풍경화 그 자체였

큰 서가의 책들은 책방을 하지 않았다면 내 책장에 꽂혀 있을, 그동안 내가 읽은 책들이다.
이 책들은 누구나 꺼내 볼 수 있다. 새 책들은 내가 읽고 싶은 책 위주로 갖다 놓는다.

다. 돌아가기 전, 그가 엽서 한 장을 내밀었다.

> 오늘 너무나도 좋은 시간 보내고 가요.
> 저는 군인이에요. 용담저수지는 작전 지도에서 글자로만 봤어요. 그런데 이토록 예쁜 마을에, 이렇게나 마음에 드는 공간이 있을 줄은 몰랐어요!
> 그동안 부대-관사만 왔다 갔다 하며 코로나19 때문에 집에도 못 가고 휴가도 못 가고 내내 답답했는데 마치 제주도 어느 한적한 마을에 여행 온 것처럼 책 읽고, 커피 마시고, 산책하고, 다이어리 쓰고… 힐링하고 갑니다!

나는 그가 앉았던 풍경을 생각하며 엽서를 오래 쓰다듬었다. 마음이 떨렸다.

사실, 책방을 하면서 나는 이런 떨림의 순간과 자주 맞닥뜨린다. 누군가 와서 건네는 다정한 말과 눈빛들. 특히 독서모임과 에세이 창작 수업 때 만나는 사람들의 이야기는 더욱 그렇다. 매주 책 한 권을 읽고 이야기를 나누는 독서모임에서 누군가는 말했다. 책을 통해 비로소 자신은 괜찮은 사람이 되어가고 있다고. 그 고백은 오래 내 마음에 머물렀다. 습관적으로 책을 읽는 나와 달리 독서를 통해 앞으로 나아가고 있다는 그의 고백은 온몸으로 책을 읽는다는 것이 무엇인지 일깨워주었다.

에세이 창작 수업도 그렇다. 일주일에 한 번, 각자 써온 글을 소리 내어 읽는데 글을 읽을 때 사람들의 목소리는 떨린다. 20대 청년도, 아이를 키우는 엄마도, 직장을 다니는 이에게도 자기가 쓴 글을 사람들 앞에서 읽는 일은 쉽지 않다. 특히나 에세이는 자기 내면을 드러내는 글. 때때로 어린 시절의 상처가, 남편과의 불화가, 첫사랑 같은 것들이 소재가 되기도 한다.

누군가 떨면서 글을 읽을 때면 덩달아 나의 목구멍도 간질거린다. 그러다 어느 순간, 그가 잠시 읽기를 멈추면 함께 멈추고 숨을 크게 들이쉰다. 때때로 그 멈춤의 순간에 눈물을 삼키기도 하고, 콧물을 훌쩍이기도 한다. 그렇게 몸으로 글을 읽는 떨림의 순간이 지나면, 나는 정신을 차리고 원고를 본다.

어떤 글은 한동안 머릿속에서 맴돌기도 한다. 어린 시절 엄마에게 이유 없이 학대받고 성인이 된 지금도 잘 보이려 애쓰는 이에게는 이제 그만해도 된다고 말해주고 싶고, 무능한 아버지와 화 많은 엄마 사이에서 일찍부터 가장 노릇을 한 딸의 무거운 어깨를 가만 주물러주고 싶기도 하다. 뿐만 아니라 나이가 들수록 다리가 휘고 손도 잘 펴지지 않는 희귀병을 앓고 있어도 그래서 어쩌라고, 하면서 산티아고 순례길 걷기를 계획하는 청년에게는 달려가 엄지 척을 해주고 싶다.

책방지기인 나만 떨림의 순간을 갖는 것이 아니다. 혼자 찾아와 이 책 저 책 둘러보다 한 권 집어 들고 읽는 사람, 큰 소나무 숲이 펼쳐진 책방 마당에서 오래 바람을 맞으며 앉아 있는 사람, 남편과 아이들을 각각 일터와 학교로 보내고 부리나케 달려와 독서모임 테이블에 앉는 사람, 퇴근 후 어두운 시골길을 따라와 에세이 창작 수업을 듣는 사람, 책방 마당에서 열리는 음악회에 참석하는 사람, 그 모두는 떨림의 순간을 갖는다. 그러다 가슴 한구석이 요동칠 때 마음 깊은 곳에 똬리를 틀고 있던 또 다른 내가 웃으며 나오고, 지금의 나와 화해한다. 떨림의 순간을 지나면서 책방은 서로가 서로를 치유하는 공간이자, 앞으로 나아가게 하는 공간으로 변하는 것이다.

그러니 어쩌면 책방은 하나의 구실에 지나지 않을 수 있다. 더할 나위 없이 편한 인터넷 서점에서 클릭 한 번이면 바로 책이 내 집 현관 앞으로 오는 시대에 책방이라니, 그것도 외진 시골책방이라니.

나는 새까만 씨앗을 머금고 있는 벌개미취들을 오래 들여다봤다. 누군가에게는 잡초로 뽑힐 벌개미취가 시골책방 마당에서는 꽃으로 피어난다.

책방을 열지 않았다면 만나지 못했을 얼굴들이 하나씩 스쳤다. 책방을 구실 삼아 나는 이곳에서 괜찮아지고 있고, 이곳을 다녀간 누군가도 괜찮아지고. 그렇게 우리들 마음은 새까만 씨앗이 내년 봄 더욱 많은 꽃으로 피어나는 것처럼 환하게 피어나겠지.

임후남

읽고 쓰는 사람으로, 정원과 책방을 가꾸며 살고 있다.

책은선물

—

제주도 서쪽 끝 무명서점의 또 다른 선물,
한 사람을 위한 작은 서점

서점을 운영하며 만난 사람들의 이야기와 충만함이 울창한 숲을
이루었습니다. 그 숲에서 누구나 잠시 쉬어 갈 수 있도록 만든
무명의 선물이 바로 '책은선물'입니다.

선물의 모든 것은
선물로 만들어졌다

'책은선물'은 제주 서쪽 마을 한경면 신창리의 포구로 가는 돌담길에 있는 작은 책방으로, 2021년 4월 16일 문을 연 '무명서점' 분점입니다. 분점을 열었다고 하면 다들 무명서점이 아주 잘되는구나 놀라워하지만 사실은 그 반대입니다. 독립서점의 어려운 사정은 섬 서쪽 끝 책방 무명서점도 다를 게 없고 책방 운영 3년 만에 공간 재계약과 운영비 문제로 위기가 찾아왔습니다. 그리고 새로운 대안도 만들어졌죠. 무명의 단골손님이자 독서모임을 같이해온 이웃이 무상으로 내어준 세 평 남짓한 돌창고를 고쳐 두 번째 책방을 열기로 했습니다. 공사비가 많이 들었는데 무명에서 7년 만에 다시 만난 옛 직장 동료가 천만 원을 후원해주어 무사히 완성했습니다. 공사를 도와준 이웃 목수, 책방 깃발과 커튼을 만들고 문턱을 꾸며준 동네 친구들, 선물의 시작을 알리러 달려와 준 작가와 독자들의 이야기가 모여 만들어진 공간, 선물 아닌 것이 없는 공간입니다. 그래서 선물이에요! '책은 선물, 인생은 여행'이라는 모토는 무명서점을 시작할 때 책방 입구에 처음 내건 문장입니다. 지금까지 무명서점을 지키고 있는 '책은 선물'이라는 간판은 그래도 자기는 월급 생활이 가장 좋다는 오랜 친구가 글씨를 써줬어요. 책방 일이 힘겨울 때마다 이 글씨를 보면 그래 뭐 어때,라는 마음이 자라곤 합니다. 지난 4년 동안 지역에서 서점을 운영하며 만난 사람들의 이야기와 충만함이 울창한 숲을 이루었습니다. 그 숲에서 누구나 잠시 쉬어 갈 수 있도록 만든 무명의 선물이 바로 '책은선물'입니다.

책은선물은 일반적인 서점 운영 외에도 수익 사업으로 작가와 독자에게 서점을 공유하는 '한 사람을 위한 작은 서점' 프로젝트를 진행하고 있습니다. 작가, 출판사, 독립출판 제작자, 그리고 독자! 책으로 연결된 누구라도 선물의 '한 사람'이 될 수 있습니다. 섬 서쪽 포구 앞 책방에서 그동안 꿈꿔온 자기만의 책방을 열어 볼 수 있습니다. 서점지기 신청 방법은 무명서점 블로그 공지를 참고하세요. 여기에 책은선물을 처음 열던 날 제가 쓴 일기와 하루 동안 책방을 지킨 서점지기 한 분의 일기를 소개합니다.

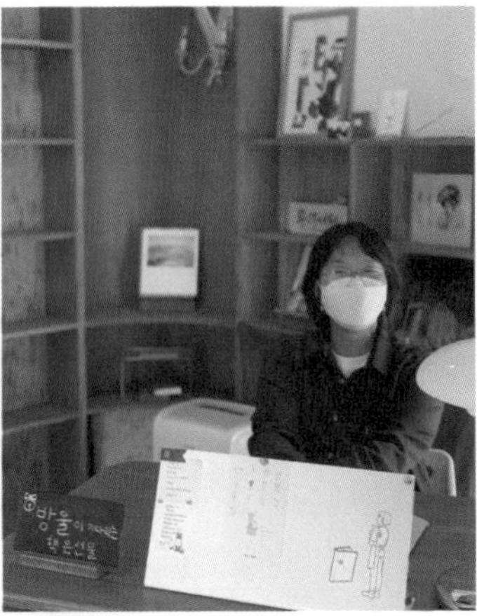

바다로 향하는 돌담길에 푸른 깃발을 단 책방
'책은 선물, 인생은 여행'

| 책은선물 |

서점원의 일기

서점원 첫 출근

2021년 4월 19일 월요일

날씨: 바람 잔잔

책방을 여는 일은 내가 지난 4년 동안 수도 없이 해온 일이고 좋아하는 일, 잘하는 일, 그리고 한편으론 조금 지치기 시작한 일이었다. 분점을 내다니 꿈을 꾸는 건가? 아직 실감하지 못한 채 여느 때처럼 서가 정리로 두 번째 책방에서의 첫 근무를 시작하고 있었다. "어! 책은선물?" 포구 쪽으로 가던 행인들이 간판을 읽고 되돌아오는 소리가 들렸다. 어서 오세요, 인사를 할 때까지도 나는 만성피로에 젖은 서점원이었는데.

"혹시 이 책방 오늘 열었나요?"

"네."

"설마! 제가 첫 손님이에요?"

"…네."

책방을 둘러본 손님이 마법을 부렸다. '처음'이라는 시간 여행. 그는 눈을 빛내며 기분 좋은 감탄사를 담아 친구에게 자신들이 첫 손님이라고 전했고, 리듬감 있는 걸음으로 서가 앞을 걷기 시작했다. 갑자기 춤을 춰도 이상하지 않을 것 같은 두 사람의 기분 좋은 모습을 보고서야 나도 오늘의 의미를 깨달았다. 그 순간부터 마음이 일렁였다. 낯선 책방에 앉아 책을 찾는 사람을 기다리고, 손님이 들어오면 긴장해서 실수하던 무명의 첫날로 되돌아간 기분이 들었다.

"이 책방에서만 파는 책이 있나요?"

그런 책이 있을 리가? 되물을 뻔했지만 주문을 완성시키고 있는 마법사를 방해하고 싶지 않아 그가 한 번도 본 적 없을 것 같은 책을 건넸다.

"『탐라일기』? 이거 손으로 만든 책인가요? 하나뿐인 거네요!"

첫 손님들이 『탐라일기』 두 권을 바로 선택했다. 세련된 차림의 젊은 여행자들이었는데 전통 방식으로 묶은 제주 여행기의 정감을 신비롭게 여겼다. 첫날, 첫 손님, 첫 책이라는 의미를 일깨워 준 손님들이 책방을 나설 때 우리는 빛나는 눈으로 서로를 바라보며 인사를 나눴다.

분점에서의 첫날, 새로웠던 또 하나는 내가 1층 책방에 있다는 것이다.

"책은선물?!"

사람들이 지나갈 때마다 하는 말이 다 들렸다. 골목으로 차가

지나갈 때 속도를 내면 작은 유리문이 흔들리기도 했다. 우연히 책방 앞을 지나가는 지인과 카운터 자리에 앉은 채 눈이 마주치기도 하고, 골목에서 노을을 보다 마을 학교의 제자들을 만나기도 했다. 고요한 섬처럼 떠 있는 2층 무명에서는 느껴보지 못한 소란스러움. 잠시 두통이 일었다. 아직 할 일이 많아 충분히 즐기지 못하는 이 시간이 갑자기 너무 아쉬워진다. '한 사람을 위한 작은 서점' 프로젝트를 얼른 시작하자. 그리고 나도 때때로 여행 온 기분을 내며 책은선물에서 마음 놓고 책을 읽어야지.

덧: 이 글을 쓰고 6개월 뒤, 첫 손님이 다시 책방에 찾아왔다. 이번에는 여자친구와 함께 왔는데 내게 책방을 여는 게 꿈이라고 했다. 다른 손님의 이런저런 질문에 답하느라 나는 첫 손님을 알아보지 못했다. 이 일기를 들춰보다 이제야 깨닫는다. 책은선물 첫 손님이 다녀갔구나! 다음에는 꼭 알아보고 서점지기도 제안해야지.

독자의 서점 일기
방울이 기다리는 책은선물
2021년 10월 27일 수요일
날씨: 햇살 따뜻한, 바람 살랑이는

서점원 역할인데… 손님이 오시면 무척이나 긴장된다! 처음이라 그렇겠지…. 그렇지만 이 처음의 느낌이 좋다!

아이와 엄마 손님이 다녀가셨다. 세월이 지나고 나도 한 살, 두 살 나이 들어가며 어린아이와 부모님 모습을 볼 때면 아, 나도 저런 모습이었을까, 우리 엄마 아빠도 저랬겠지, 하는 생각이 든다. 나를 위해 책을 고르고, 책을 읽어주고. 그런 따뜻함이 모여 내가 자라났겠지, 하는 생각. 따사로워진 날처럼 포근한 순간이었다.

책등이 아닌 책의 앞표지가 보이도록 전시해둔 책이 팔렸다. 그 빈자리가 숭덩 크게 느껴진다. 다시 누군가를 기다리는 말간 얼굴로 자리를 채워야 할 것 같았다. 정해진 책이 있나 싶어 여쭈니, 서점지기가 마음에 드는 책을 두면 된다는 말씀. 그러고 나니 더 고민이다. 고요히 기다리는 책들가운데 하나를 꼽아야 한다는 사실에. 찬찬히 책들을 살펴보았다. 지금 이 순간에 내가 고를 수 있는 것은 무엇일까. 어떤 것을 '전면'에 내세운다는 것은 보다 깊이 있고, 찐-한 일일 테니까. 속까지 다 볼 순 없지만 여러 책들을 들었다 놓았다 했다. 분명히 만날 인연을 찾으면서 말이다. 그리고 고른 하나의 책. 인연이 될 책이 내 눈앞에 있다.

손님이 없으니 잠시 딴생각. 내가 왜 여기에 오게 되었더라. 나는 사실 제주와 친하지 않고, 몇 번 와본 적도 없고, 엄청나게 와

보고 싶단 생각도 하지 않았다. 여행에 빠져 사는 나로선 신기한 일이다. 어쩌면 너무나 유명한 여행지, 너무 많은 이들이 오가는 곳이라 큰 흥미를 못 느꼈던 것 같다. 그랬던 내가 오늘로 35일째 제주다. 사실 제주에 대한 생각은 여전하다. 그럼에도 긴 시간을 머무른 건 올레를 한 바퀴 완주하기 위해서다.

올해는 너무나 소란하고, 복잡하고, 어려운 한 해였다. 그래서 생각을 그만하고 싶었고, 몸을 쓰고 싶었다. 제주에 온 뒤 매일이 단순하고 만족스럽다. 그리고 소박하게 걷는 동안 제주가 태초부터 품고 있었을 고유한 아름다움을 볼 수 있었다. 청개구리 심보의 내가 부끄러워지는 그런 아름다움을. 아마 이곳을 떠나면 한동안 제주에는 오지 않을 것 같다. 하지만 전과 달리, 제주의 아름다움을 그리고 기억하고 다시 찾아오기를 기대할 것이다. 참으로 선물 같은 시간이었다.

정원경·김자영

이름보다는 '서점원'으로 불려야 책에서 고개를 들고 대답한다. 무명서점을 5년째 지키고 있지만, 마을 세탁소에서 찾아온 옷에는 '유명서점'이라고 적혀 있다.
독자의 서점 일기를 쓴 방울의 본명은 김자영, 대안학교 교사로 일한다. 참배움과 성장을 꿈꾸고 그려가는 중이다.

오래된 미래

—

천년이 넘은 이야기가 곳곳에 숨은 마을에서
새로운 이야기를 꿈꾸는,
당진 남쪽 지역 면소재지에 위치한 작은 책방

책을 가지고 나누는 이야기가 서로에게 전달되는
따뜻한 공기의 흐름, 내가 꿈꾸었던 책방이 그날 그곳에 있었다.
꿈인가 싶을 만큼 행복한 시간이었다.

오래된

잃어버린 영혼을 만나는 곳
–면천읍성 안 작은 책방 ‘오래된 미래’

책방을 한다는 것은

“혹시 작가님인가요?”

“아니요, 전혀!!! 저는 그저 책만 좋아하는 사람입니다.”

책방을 처음 방문하는 사람들은 대부분 이 작은 마을에 책방을 차린 이가 누구인지 궁금해하며 기대에 찬 눈빛으로 묻는다. 하지만 작가가 아닌 나의 대답은 분명히 그들을 실망시킬 수밖에 없을 것이다.

그런 질문을 받을 때면 내 마음에 맞는 책 읽기만 좋아하는 내가 책방을 하기에는 뭔가 자격미달인 듯하여 민망해진다. 그래도 다행히 “사장님이 좋아서 하는 일이라는 것이 책방 곳곳에 묻어 있네요."라고 공간에 담긴 내 마음을 알아주는 손님들이 있어 감사하다.

책방을 해서 좋은 이유는 너무나 많다. 보고 싶은 책이 있으면 판매한다는 구실로 책을 들이고, 읽고 싶은 책을 바로 꺼내서 볼 수 있다. 책 팔아서 책을 사니 수익이 거의 없다는 한 가지 단점을 빼면 장점은 백 가지도 말할 수 있다.

그래도 그중에 가장 좋은 일은 날마다 새로운 사람을 만나는 일이다. 새로운 만남에 소극적이고 낯가림이 심한 나에게는 자연스럽게 사람을 만날 수 있다는 것이 책방을 하는 큰 이유이다. 그러다 결이 맞는 사람을 만나고 일상을 공유하고 서로에게 스며들어 혼자 생각만 하던 일들을 같이 실행하며 꿈이 현실이 되는 기쁨을 맛본다. 책방을 유지하는 힘은 바로 그 다양한 사람들의 발걸음에 있다.

책방을 한다는 것은 날마다 다른 오늘을 선물 받는 일이다.

거미줄처럼 엮인 인연들

60년이 넘은 구옥인 책방은 아침마다 처마 끝에, 건물 모서리에 실낱처럼 엮인 거미줄을 쳐내는 것으로 하루를 시작한다. 휴무라 한가로이 옥상에서 커피를 마시던 어느 날, 비 그친 뒤 햇살을 받아 반짝거리는 거미줄을 자세히 바라본 적이 있다. 촘촘히

쳐진 거미줄은 혼자 보기 아까울 정도로 감탄스러워 방에 있던 아이를 불러 함께 바라보며 신기해했다. 이렇게 옥상에 앉아 커피를 마시는 일이나 책방의 곳곳에 앉아보고 여유를 누리는 일은 일주일에 한 번 책방 휴무일에나 가능하다. 내가 좋아하는 장소에서 내가 좋아해서 시작한 일이 2년이라는 시간이 지나면서 어느새 내 것이 아니게 되어버렸다. 책방을 좋아해서 꾸준히 들러주는 사람들, 온라인 주문보다 늦게 도착하는 책을 수고로이 직접 방문해 찾아가는 사람들, 행사가 있을 때마다 일을 분담해주는 사람들로 인해 '오래된 미래'는 그리 길지 않은 시간에 나의 책방이 아닌 우리들의 책방이 되었다.

이렇게 거미줄처럼 촘촘히 엮인 인연은 책방을 하지 않았다면 만나지 못했을 것이다. 우리들의 책방이 흉물스럽고 불편을 준다는 이유로 걷히지만 않는다면, 책방을 중심으로 견고하고 아름다운 인연들이 더 넓고 두텁게 확장되어갈 것이라고 생각해본다.

꿈꾸는 일이 현실이 되는 곳

2021년 9월 가을 저녁에 작은 시골책방 오래된 미래에서 '동네 가수 이내의 밑줄콘서트'가 열렸다. 당진시립도서관에서 지역 서점을 후원하기 위해 연 행사였다. 이 귀한 시간에 작가들의 이야기를 경청하고 마지막에 질문하는 북토크와는 다른, 특별한 책

아기자기 감성 마을 면천읍성 안 책방
오래된 미래는 2019년 1월 문을 열었다.

이야기를 나누고 싶었다. 처음 해보는 시도라 걱정이 되기도 했지만 동네 가수 이내의 밑줄콘서트는 상상했던 것보다 훨씬 멋진 시간이었다. 열 명의 손님들이 각자 가져온 책의 문장을 나누고 이내는 화답으로 자신의 자작곡을 그 노래가 만들어진 사연과 함께 들려주었다. 그래서 모두가 함께 참여한 즐겁고 뜻깊은 시간이었다. 내향적인 성격의 내가 책방을 연다는 나름 큰 결심을 하게 된 데는 분명 이런 이유가 있었다. 책을 가지고 나누는 이야기가 서로에게 전달되는 따뜻한 공기의 흐름, 내가 꿈꾸었던 책방이 그날 그곳에 있었다. 꿈인가 싶을 만큼 행복한 시간이었다.

그리고 글로만 접하던 김탁환 작가님의 북토크, 사계절출판사에서 작은 책방을 응원하기 위해 마련한 강맑실 대표님과의 뜻깊은 자리, 책방을 꾸준히 방문하고 늘 응원해주시는 권오준 작가님 등 책방이 아니라면 만나보고 이야기 나눌 수 없는 분들과의 책 이야기는 늘 '책방 하길 잘했구나.'라고 스스로를 격려하게 되는 일이다.

나에게 책방은 꿈이 현실이 되는 곳이다.

처음 마음 그대로

책방 2층에 있는 140자 원고지에 첫 글을 남긴 손님이 있다.

"아침 여덟 시, 출근길 버스에서 어제와 다른 곳에 내렸다. 터

미널, 졸던 눈을 뜨니 당진의 서점에 와 있는 나를 누가 알 수 있었을까요."

이 글은 내가 면천이라는 작은 마을에 책방을 연 이유이기도 하고 책방에 오시는 분들에 대한 바람이기도 하며 지금까지 책방을 열고 있는 힘이기도 하다. 그분이 이곳에 다시 방문하셨는지는 모르겠다. 면천은 작은 관광지이기도 해서 손님의 반은 마을 관광이나 책방투어를 오는 외지 손님들이다. 그래서 꾸준한 인연보다 다시 보지 못하는 분들이 더 많다. 그분들이 잊히지 않고 기억에 남는 이유는 책방에 시간과 마음을 놓아두고 가신 것을 알기 때문이다. "오래 계속해주세요."라는 한마디는 그래서 눈물겹도록 감사하다.

늘 생각한다. 시간이 지나도 책방이 하고 싶어서 엉엉 울음을 쏟아냈던 처음 그 마음으로 책방을 운영할 수 있을까? 아직은 그렇다. 책방을 하는 일이 너무 좋다.

오래된 것이 미래를 여는 열쇠가 된다,
책이 그렇듯 책방도 그렇게

상호의 짧은 단어 혹은 문장이 그 장소를 대변하고 상징하기에 책방을 열기 전부터 이름에 대해 가장 많이 고민했다. 오죽하면 이름만 정해지면 당장 책방을 열 수 있다고까지 생각했을까.

『오래된 미래』는 헬레나 노르베리-호지의 책 제목이다. 책방 이름으로 따온 이유는 오래되었음에도 가치를 지닌 책이기도 하고, 오래된 이야기를 가진 마을에 오래된 건물이 책방으로 존재하기 때문이다. 이곳에서 책을 매개로 이야기를 나누고 가치 있고 재미있는 일들을 하며 미래를 열고 싶다.

그래서 책 좋아하는 사람은 '아무나 오라'는 심훈의 글귀를 인용해서 책방 문 앞에 붙여놓고 기다린다. 책이 좋은 사람들, 책 이야기를 나누고 싶은 사람들, 함께 달달한 작당을 꾸리고 싶은 사람들을 기다린다. 그렇게 맺어진 인연들이 책방과 함께 오래도록 지속되고 깊어지기를 바라본다.

책 좋아하는 사람은 '아무나 오는' 책방

오픈하고 1년쯤 뒤 시작된 코로나19라는 위기 상황을 2년째 겪고 있지만 책방은 오늘도 문을 열었다. 어찌 가는 줄 모르고 바쁘게 지나온 시간이었다. 작은 책방에서 없는 인연에 기대어 작게라도 매달 강좌와 작가 북토크를 열었고 연대감으로 이루어진 지역 행사 참여 등을 하면서 참 많은 책을 소개하고 판매하였다. 종합서점밖에 없던 당진이라는 소도시에, 그것도 유동인구가 거의 없는 시골 마을에 책방이 생기니 처음에는 신기해서, 나중에는 정이 깊어져서 방문자가 꾸준하다. SNS를 전혀 못 하는 게으른 책방 주인을 대신해 좋은 소개글을 남겨주신다. 참 고마운 일이다.

EBS '발견의 기쁨 동네책방'에 첫 회 손님으로 나왔던 김훈 작가가 속초 동아서점을 찾아 걸어가는 길에 백영옥 작가와 나눈 이야기가 오래 기억에 남는다.

"걸어서 동네책방에 간다는 것은 책이 삶의 일부가 된다는 것이다."

나 또한 오래된 미래가 걸어서 수고로이 책방을 찾아오는 분들께 오래 기억될 따뜻한 장소이자 삶의 중요한 부분이 되기를 바란다.

오래된 미래는 책을 좋아하는 사람이라면 '아무나 오는' 작은 시골책방이다.

지은숙

장성한 세 아들의 엄마이며, 그저 책 좋아하는 사람들을 만나고 싶어 용감하게 시골에 책방을 연 책방지기이다.

반달서림

—

우리 모두의 안녕과 내일을 생각하는
생태인문서점 & 제로웨이스트숍

5년 뒤, 10년 뒤에도 책방 하는 나를 보고 싶다. 해야 하는 일보다
하고 싶은 일을 하면서, 돈 이야기보다 책 이야기를 하면서,
진짜 사람을 만나면서 사는 나를 보고 싶다.

THE POSTER BOOK
by 센
반려
POSTER

세상에 묻힌 반짝거림이
제 빛을 찾는 곳

1년 전, 고전소설 읽기 모임을 진행한 적이 있다. 코로나 시대에 여행을 가지 못하는 우울한 마음을 책으로 달래보자는 생각이었다. 무려 1년짜리 기획. 남미에서 시작해 아프리카, 유럽, 아시아를 거쳐 북미로 돌아와 끝내는 고전문학 세계 일주.

'남미' 하면 마르케스지! 이사벨 아옌데도 빼놓을 수 없고. 브라질은 클라리시 리스펙토르의 책을 읽어야겠다. 아프리카는 어떤 작가를 고를까? 모잠비크 작가 미아 코투의 작품이 왜 국내에는 한 권도 번역되지 않은 거야! 단편이라도 번역을 직접 해볼까? 생각은 끝이 없었다.

일단 첫 책으로 『백년의 고독』을 골랐다. 모임 회원들의 반응이 무척 좋았다. 브라질 문학을 전공한 나에게는 익숙하지만 대부분의 사람들에게 남미의 환상문학은 신선함으로 다가간다. 짧은 스페인어 실력으로 마르케스의 노벨문학상 수상 연설 「남미의 고독」을 해석해드렸다. 『예고된 죽음의 연대기』나 『콜레라 시대의 사랑』, 『내 슬픈 창녀들의 추억』, 『나는 여기에 연설하러 오지 않았다』와 같은 책을 함께 읽고 싶었다. 작가 한 사람만으로도 두 달이 부족한데! 너무 거창한 기획이었다. 결국 이 세계 일주는 남미를 벗어나지 못하고 끝나버렸다.

1년 정도 지나 새로운 독서모임을 시작했다. 욕심을 많이 버렸다. 한 달에 소설 한 권만 읽자. 9월의 책은 한강 작가의 『작별하지 않는다』. 무려 한강의 신작이고, 신청자가 많을 것을 대비해 온라인 독서모임으로 기획했다. 모임명을 정하는 데도 일주일 넘게 생각했고, 포스터를 만들고 SNS에 홍보도 했다. 그런데 신청자는 단 한 명. 오프라인 모임으로 전환했다. 단 한 사람뿐이어도 준비를 대충 할 수는 없다. 발제를 준비하고, 이야기 나누고 싶은 그림책을 몇 권 고르고, 함께 볼 영상도 찾아 미리 보았다. 그런데, 그렇게 단 한 사람을 위한 독서모임을 준비하는데도 이상하게 기분이 좋았다. 고개를 들어 창밖의 나무를 보다 알아차렸다. 이 '좋음'이 어디에서 오는지를. 나 지금 사람에게 되게 성의 있구나!

드디어 독서모임 당일, 클럽 입장곡(독서모임 이름이 '부에나반달

소설클럽'이다)으로 영화 '부에나비스타 소셜 클럽' O.S.T를 준비했는데, 이전 모임이 길어지는 바람에 입장곡을 틀지 못했다. 아, 이런. 입장부터 특별한 느낌을 드리고 싶었는데….

책 이야기를 하기 전, 사는 이야기를 나누었다. '평소 어떤 책들을 주로 읽는 편인가요?', '시간 가는 줄 모르고 하는 무언가가 있나요?' 같은. 나도 내가 무엇을 할 때 몰입하는지, 질문을 준비하면서 생각해보게 되었다.

나는 주택에 산다. 쉬는 날, 정원에서 풀을 뽑고, 가지치기도 하고, 꽃도 여기저기 옮겨 심다 보면 두세 시간이 훌쩍 간다. 손님은 어떤 이야기를 할지 전날부터 궁금했다. 어떤 사람일까? 어떤 걸 좋아하는 사람일까? 어떤 생각을 하는 사람일까?

손님은 피아노로 클래식 음악을 전공했는데 요즘 재즈를 연습하고 있고, 여섯 살 때부터 연주해온 방식과 완전히 달라서 시간 가는 줄 모른다고 했다. 카페에서 아르바이트를 하며 사람이 없을 때는 틈틈이 책을 읽고 있으며, 독서노트를 여덟 권째 쓰고 있다고.

본격적으로 책 이야기를 나누기 시작했다. 많이 놀랐다. 갑자기 너무나 반짝거리는 손님의 눈빛 때문에. 사람의 생기란 이런 것이구나! 생명이 가득한 기운. 이 반짝거림이 이 사람을 여기에 오게 했구나.

그동안 이야기를 많이 나눌 기회는 없었지만, 그는 단골손님이고 최근에는 온라인으로 시 필사를 두 달간 함께하고 있다. 그런데도 완전히 낯설게 느껴질 정도로 사람을 새롭게 발견하는 순간이었다. 이 마법 같은 순간은 평소 친하게 지내는 사람 사이에서 더 빛을 발한다. 10년 이상 알고 있던 사람도 새로워지는 곳이 바로 동네책방이다.

음악회를 했던 어느 날, 뒷정리를 도와준 지인과 서점에서 맥주를 마시는데, 그가 말했다.

"나중에 늙으면 반달서림이 정말 많이 생각날 것 같아."

그가 말을 마치자마자 우리는 갑자기 눈물 바람을 했다. 서로 우는 모습을 보면서 또 웃고. 함께 시를 배우고, 『녹색평론』을 읽고, 소설을 읽으면서 우리는 매 순간 진지하다. 아이 키우고 사는 이야기만 하다 보면 이렇게 깊게 친해지기는 어렵다. 함께 의미 있는 시간을 보내며 서로의 생각과 마음을 알아간다.

동네책방에는 세상과 다른 셈법이 존재한다. 책 한 권 두 권 파는 게 중요해지면 책방을 할 수 없다. 솔직히 말하면, 1년 반 넘게 반달서림을 운영하면서 수익이 하나도 없다. 작년 가을, 경기도의 동네책방 지기들이 모이는 자리가 있었다. 몇몇 분들이 "△△책방, 2년 차 적자입니다.", "○○책방, 3년 차 적자입니다." 이렇게 우스갯소리로 소개를 했는데, 그때만 해도 그게 내 얘기가 될

생태, 환경, 인권, 가족 등에 관한 책으로 꾸려진 생태주의 큐레이션.
책방에서는 같은 가치를 가진 이들의 생태책 읽기 모임도 끊이지 않는다.

| 반달서림 |

거라고는 생각하지 않았기에 웃으며 들었다. 10만 원 정도 흑자가 난 달이 있긴 했다. 그 돈으로 책방 운영에 도움을 주는 지인들과 회식을 했다. 앞으로도 흑자가 나면 회식을 해야지, 생각했는데 그 후로 한 번도 못 했다.

가족 간에도 셈을 하는 세상에서, 셈을 제대로 못 하면 바보 취급당하는 세상에서, 나는 왜 이렇게 사는 걸까. 책이 좋으면 혼자 읽으면 그만인데 잠을 못 자면서, 배도 곯아가면서 이 일을 왜 하는 걸까.

독서는 책을 읽기 위한 것이지만, 독서모임은 책을 읽기 위한 것이 아니다. 책 읽는 사람을 만나는 자리이다. 책방도 책을 팔기 위한 곳이 아니다. 책 사러 오는 사람을 만나는 곳이다. 동네책방에 오면 한 사람 한 사람이 특별해진다. 세상에 묻혀 있던 반짝거림이 여기에 오면 제 빛을 찾는다. 사람이 있고, 서로가 서로에게 성의 있어지는 곳. 그래서 오는 사람도, 맞이하는 사람도 의미 있어지는 곳. 책방은 그런 곳이다.

반달서림의 1년은 정말 바쁘다. 올해 시작한 계절 음악회는 '동네책방에서 음악가가 들려주는 이야기'를 주제로, 모두가 주인공이다. 흔히들 하는 '봄에 듣기 좋은 클래식' 같은 공연이 아니고, 음악가들이 들려주고 싶은 곡에 자신의 이야기를 담아 관객에게 전한다. 다음 음악회의 제목은 '헤르만 헤세의 사계 여행:

가을 편'인데, 연주자와 관객 모두 『헤르만 헤세, 가을』을 읽고 참여한다.

매달 두 번쯤은 북토크나 강연을 진행하고, 한 달에 한 번 동네 사람들과 석성산에 모여 쓰레기를 주우며 조깅하는 '줍깅' 산행도 한다. 그림책 모임, 시 창작회, 생태책 읽기 모임, 우쿨렐레 강습, 소설 읽기 모임, 온라인 시 필사 모임, 온라인으로 맥주를 마시며 재즈를 듣는 '맥즈 클럽'까지. 그런데 큰일이다. 아직도 하고 싶은 일이 많이 남아 있다. 보사노바로 배우는 포르투갈어 수업도 하고 싶고, 파울로 코엘료 원서 읽기, 남미 음악기행도 하고 싶고, 한의사인 지인과 동네책방 한방 진료 행사도 기획 중이다.

오늘도 손님 하나 없는 책방에서 오줌을 참아가며 일을 하다 혼자 피식 웃음이 났다. 5년 뒤, 10년 뒤에도 책방 하는 나를 보고 싶다. 해야 하는 일보다 하고 싶은 일을 하면서, 돈 이야기보다 책 이야기를 하면서, 정말 바쁘지만 급하지는 않은 일을 하면서, 바코드나 키오스크가 아닌, 진짜 사람을 만나면서 사는 나를 보고 싶다.

유민정

비록 시인은 못 되었지만 시를 읽고 쓰면서 살고 싶은 사람. 생태인문서점 반달서림을 운영 중이다.

진주문고

—

책과 사람이 만나는 우리 동네 문화공간
진주 같은 동네책방

아버지의 손을 잡고 왔던 어린아이가 아버지가 되어 어린 자식의 손을 잡고 책방을 찾는다. 삼대가 함께 나들이를 하는 곳. 우리 책방이 아니면 이 찬란한 연결을 어디서 볼 수 있겠는가.

진주
커피

동네책방 35년 회상기

후천적 장애인인 내게 책방지기는 어쩌면 운명의 직업이다. 나는 초등학교 4학년 때 교통사고로 장애인이 되었다. 이후 장애인에 대한 사회 인식과 사람들의 시선이 어떤지를 몸소 겪으며 성장했다. 차이는 인정하지 않고 차별만 엄존하던 시대에 장애인을 향한 거대하고 견고한 편견의 벽과도 싸워야 했다.

5·18민주화운동이 일어나고 2년이 지난 1982년, 나는 재수까지 해가며 대학에 들어갔다. 시절이 시절인 만큼 공부는 뒷전이고 4년 내내 최루탄 가스 희뿌연 교정에서 돌과 화염병이 난무한 학창시절을 보냈다. 우리 세대에게 학교 앞 책방은 정의와 독재타도를 부르짖는 열혈 청년들의 안식처이자 해방구였다.

내가 다니던 대학 앞에도 책방이 몇 개 있었다. 한 곳은 내 단골 책방이었다. 당시 금서(禁書)가 된 사회과학 도서들을 빠짐없이 팔았다. 판 사람, 산 사람, 가진 사람 모두가 국가보안법이라는 어마무시한 실정법을 위반한 중죄인이 되던 시절이었다. 금서를 두고 모두가 암묵적인 범법자가 되었으니 책방 주인과 학생들은 동업자이자 동지인 셈이었다.

학교 강의실보다 훨씬 더 많은 시간을 보낸 곳. 교양·전공 과목 관련 교재는 거들떠보지 않으면서도 떨리는 손으로 금서를 찾았고, 갈 때마다 업데이트된 필독 금서 목록이 있던 곳. 마음 맞는 친구와 따르고 싶은 선배를 만난 곳. 그 치열한 격변의 시절 내내 책방 주인과 우리는 한패가 된 운명공동체였다.

나는 거의 매일 단골 책방을 드나들었다. 50평 남짓한 매장 어디에 어떤 책이 몇 권 꽂혀 있는지 알았고, 심지어 금서를 숨겨놓은 비밀창고 위치까지 알고 있었다. 별일 없이도 습관처럼 책방을 찾는 내게 주인이 자리를 맡기고 잠시 외출을 다녀오기도 했다. 책방을 맡는 횟수가 잦아졌고 '잠시'라는 짬은 낡은 고무줄처럼 점점 늘어나 마감 시간이 다 되어서야 주인이 돌아오는 일도 있었다. 나 역시 책방에서 새로 나온 책을 살피고 손님에게 소개하고 파는 일이 수업과 공부보다 훨씬 재미있기도 했다. 모자란 수업 일수와 최악인 시험 성적으로 연이어 2회 학사경고를 받았지만, 책방에서는 마침내 주인을 대신해 책을 판매하는 위치에까지 이르렀다. 요즘 말로 밥 한 끼와 배불리 마실 수 있는 막걸리가 제공된 유급 아르바이트생이었다. 학비는 학교에 오롯이 갖다 바치고 학비가 안 드는 책방 현장 실습을 한 셈이었다.

이 특별한 경험은 나의 진로, 즉 밥벌이를 선택하는 결정적인 역할을 했다. 지금도 그렇지만 당시 장애인의 직업 선택에는 한계가 너무 많아 공무원이나 자영업 외엔 별다른 여지가 없었다. 애초에 공무원이 되겠다는 생각도, 될 자신도 없었기에 나는 졸업과 동시에 큰 고민 없이 중고등학교를 다닌 진주로 돌아와 책을 파는 서점인이 되었다.

그렇게 시작한 책방 인생이 올해로 만 35년이다. 대학가 사회과학 전문 책방으로 첫걸음을 떼고 지금까지 긴 세월 동안 크고 작은 부침을 수없이 겪으면서도 포기하지 않았다. 육체적 한계는 냉엄한 현실이었다. 삶 자체가 절박한 현실주의자인 나는 경제적 논리뿐만 아니라 지식과 문화, 지역공동체에 대한 열망을 책방을 통해 구체화했다. 시간이 흐르며 변신과 변화를 통해 책방은 덩치를 키워갔다. 생존을 위한 절박한 몸부림으로 외줄타기 같은 모험을 하며 책방을 운영하는 동안 고비마다 새로운 선택을 마다하지 않았고 좋은 시절을 만나 운 좋게 여기까지 올 수 있었다.

지금은 코로나19 팬데믹으로 인해 큰 판이 바뀌고 기존의 틀이

서점원이 추천하는 출판사의 대표작 전시,
한국서점인협의회와 함께한 '반려책' 큐레이션까지.
진주문고는 독자와 책, 출판사와 서점을 잇는 징검다리 역할을 늘 고민한다.

멈춘 과도기다. 들숨과 날숨을 길게 쉬며 내 욕망의 뒤안길을 찬찬히 돌아볼 좋은 기회다. 책방 인생을 복기하면서 나를 온전히 숨 쉬게 한 그 속내를 헤집고 들여다본다.

책방에서 새 책을 만나는 일은 무엇과도 바꿀 수 없는 큰 즐거움이자 아픔이었다. 매일 출판사에서 만든 새 책을 선보이는 책방은 명멸하는 책의 역사를 마주하는 현장이다. 책은 그 책을 쓴 사람의 농축된 사고를 넘어 한 우주를 넘나들게 한다. 책방에서 다양한 책과 많은 사람을 만나 다른 세계를 엿볼 수 있었다. 덕분에 넓고 깊은 우주를 마음껏 유영하면서 얼마나 행복했던가. 책 한 권이 만들어져 유통되는 지난한 과정이 무색하게 책방에는 냉정한 시장 논리가 작동한다. 예전에는 새 책이 나오고 한 달 동안 독자의 관심을 끌지 못하면 곧바로 출판사로 반품되어 파지나 중고 책 신세가 되었다. 요즘은 그 주기가 점점 짧아진다. 단 며칠 사이에 운명이 갈려 저자와 출판사, 책방의 노력이 허사가 된다. 애정과 기대를 받고 세상에 태어나 평범한 생로병사 단계를 거치지 못하고 슬그머니 사라지는 책의 모습을 바라보는 것은 여전히 피하고 싶은 고통이다.

우리 책방은 매출의 80퍼센트 이상이 단골손님에 의해 발생한다. 항상 사람 관계를 중요시하는 게 당연하다. 익명성이 보장되지 않는 소도시에서 사람과의 관계를 지속하려는 노력이 스트레스가 될 때도 있지만 '이 맛에 서점을 계속하지' 하는 보람을 느끼기도 한다. 서울에 살고 있는 책방 단골손님 딸에게 뜻하지 않은 전화를 받았다.

"아저씨, 서울에 사는 진주 출신 친구들 정기 모임에서 서점 얘기가 나왔어요. '무슨 큰 서적도매상이 부도가 나며 서점 운영이 어렵다는데 진주문고는 아직 건재하대'라는 얘기를 했어요."

출향인들이 학창 시절 책방에 대한 추억을 떠올리며 깔깔거렸을 그 분위기가 그려져 기분 좋게 한껏 취했다.

책방이 이어져온 35년의 시간을 이제 역사라고 불러도 될까. 종종 책방 손님을 통해 이를 확인하는 일은 큰 행복이다. 아버지의 손을 잡고 왔던 어린아이가 아버지가 되어 어린 자식의 손을 잡고 책방을 찾는다. 삼대가 함께 나들이를 하는 곳. 우리 책방이 아니면 이 찬란한 연결을 어디서 볼 수 있겠는가. 이렇게 아름다운 이음을 기억하며 기록하는 일이 어디 흔하겠는가.

책방의 존폐 위기 때문에 밤잠을 설친 일이 세 번 있었다. 첫 번째 위기는 1997년에 발생한 IMF 구제금융으로 인한 비상시국이었다. 주요 거래처인 도매상이 줄줄이 부도가 나면서 물류가 올스톱되어 책이 오갈 곳을 잃었다. 이미 치른 책값을 정산할 수 없어 그대로 떼이게 된 상황이었다. 책방 확장을 위해 빌린 은행

대출 이자는 하루가 다르게 최고점을 찍었다. 두 번째는 2008년 미국발 주택모기지론 사태인 리먼브러더스 파산이다. 남의 나라 일처럼 보였던 일이 발등에 떨어진 불이 되었다. 자금 경색과 소비 위축에 따른 장기간의 경기 침체로 확장을 거듭하던 속도전을 멈추고 수습에 총력을 기울여야 했다. 세 번째는 최근의 수축 사회와 코로나19 팬데믹, 책방을 둘러싼 환경 변화에 따른 급격한 매출 감소다. 인구 절벽과 고령화로 인해 지방 중소도시는 거의 모두 소멸 고위험군이다. 진주 역시 예외가 아니어서 눈에 띄게 학령인구가 감소하고 도시는 점점 노쇠하며 활기를 잃고 있다. 코로나 상황 지속은 엎친 데 덮친 격이다.

혼자서 시작한 책방이지만 어느 지점을 통과하니 이미 내 손을 떠났음을 감지했다. 두꺼운 책만큼이나 켜켜이 묵은 35년, 얼마나 많은 발길이 이곳을 드나들며 자신의 인생 한 페이지를 찾아 밑줄을 그었을까. 여기까지 올 수 있었던 것도 그 발길들 덕분이었고 앞으로 남은 서점의 삶도 그 마음들이 결정할 것이다. 생성과 소멸이라는 세상의 이치를 따라 책방도 언젠가는 그 생을 마감할 것이다.

격변하는 세상을 보노라면 내일 당장 책방이 사라진다 해도 이상하지 않다. 책방이라고 세상 흐름을 거역할 수 없으니 매 순간이 전부인 것처럼 재미있게, 할 수 있는 것들을 다 해보려고 한다. 그러다 최후의 순간이 왔을 때 또 운명처럼 받아들이면 된다. 어느 순간 나도 책방도 신기루처럼 잘 사라지는 것이다. 책대로 살지는 못했지만 책과 함께 일생을 보낸 사람의 마지막 바람이다.

여태훈

1986년부터 책 파는 일을 업으로 삼고, 한갑자를 맞은 올해에도 여전히 책과 사람 속으로 출근한다. 2022년 진주문고 4호점을 개점하여 운영 중이다.

초콜릿책방

—

초콜릿 한 입,

달콤 쌉쌀한 한 줄의 문장

타인에 대해서 너그러워지고, 인생에 대해 좀 더 깊이 생각하는 계기를 만들어주는 이 공간을 사랑하지 않을 수가 없다. 달콤 쌉쌀한 초콜릿의 매력과 다양한 인생의 모습이 담겨 있는 책의 마력에서 벗어나지 못하는 것처럼 말이다.

COLATE BOOKSTORE
초콜릿 책방

달콤 쌉쌀한 인생을 나누는
초콜릿책방

책의 두께를 보고 나니, 이번 독서모임은 신청자가 없을 것 같았다. 언제나 모객에 전전긍긍하긴 했지만, 이번에는 아주 마음을 내려놓았다.

독서모임의 책은 모임원들이 미리 추천하는데, 추천한 사람이 꼭 참석한다는 보장도 없다. 문제는 이번 책이 744쪽에 달하는 두꺼운 양장본 책이라는 것이다. 도서목록에 올릴 때 두께를 미리 확인하지 않은 것이 실수였다. 너무 두꺼운 책은 미리 겁을 먹고 읽지 않기 때문이다.

744쪽의 양장본은 들고 있는 것만으로도 손목이 아플 테니, 독서모임에 오는 사람들이라도 분명히 읽기 힘들 것이다. 핸드폰이면 만사가 해결되는 요즘 같은 때에도 책을 열심히 읽는 사람들이 분명히 많이 있지만, 벽돌처럼 두꺼운 책을 잘 읽어내는 것은 그런 사람들에게조차 어려운 일이다. 그래서 이번 책은 끝까지 읽지 않아도, 조금이라도 읽어오는 사람이 있으면 독서모임을 진행하겠다고 했다. 그렇다고 해도 신청자가 있으리라고 기대하지는 않았다.

초콜릿책방에서는 매주 토요일 오전 11시에 독서모임을 하고 있는데, 신청자를 모집할 때마다 마음이 쪼그라드는 기분이다. 신청자가 많을 때는 괜히 기분이 으쓱하고, 신청자가 한 명도 없을 때는 전전긍긍하게 된다.

신청자가 없으면 침울한 기분으로 독서모임을 지속해야 할 이유를 끊임없이 찾고, 운영 시스템에 문제가 있는 건 아닌지 근본적인 부분에 대해서 회의하게 된다. 그러다가 한 명이라도 신청자가 생기면 다시 희희낙락한다. 그런데 또, 오겠다고 한 사람이 급한 일이 생겼다고 취소하면 급격하게 우울해진다. 한 주에도 몇 번씩 롤러코스터를 타는 기분이다.

이번에는 롤러코스터가 내려가는 구간이라고 생각하면서, 한 손으로 들기도 힘든 두꺼운 양장본 책을 펼쳐서 읽으면서 한숨을 내쉬고 있었다. 그런데 놀랍게도 한 명이 독서모임에 오겠다고 신청했다. 이것은 정말 기적, 아니 로또, 혹은 코인 대박이랄까. 인생역전의 기회도 아닌데 그런 기분이 들었다. 그렇게 기쁘고 행복했다. 한 명이라도 와서 책에 대해 이야기를 나눌 수 있다면 진심으로 기쁜 일이라고 생각했다.

그런 기쁨도 잠시, 독서모임이 있는 날 아침에 비까지 내렸다. 비가 오는 토요일 아침이라면 당일 불참 문자가 와도 놀랄 일이 아니다. 설레고 신나는 약속이라도 귀찮은 마음이 생길 법한데, 벽돌처럼 생긴 책을 들고 독서모임에 참석하겠다고 오는 것은 정말로 놀라운 신념을 가지지 않은 이상 힘든 일이라고 생각했다. 그렇게 지레짐작하여 마음으로 미리 오늘 모임을 접고, 추적추적 내리는 비를 바라보면서 가만히 핫초콜릿을 마셨다. 유난히 쌉쌀하게 느껴지는 초콜릿의 첫맛이 혀끝으로 지나가자 안온한 단맛이 뒤에 남아 위로를 해주는 것 같았다.

독서모임을 시작하기로 했던 시간에서 10분이 지났을 때쯤, 펼쳐놓았던 책을 덮으며 마음을 달래듯이 책을 한 번 쓰다듬었다. 두께 때문인지 손바닥으로 진중한 울림이 전해지는 것 같기도 했다. 독서모임을 위해 마음을 다해서 읽었기 때문에 책에 대한 애정은 변함없었다.

독서모임에 참가자가 없더라도, 혹시 올지 모르는 참가자를 위해서 그날 모임의 책은 열심히 읽어둔다. 일주일에 한 번씩 있는 모임이라 벅차게 느껴질 때도 있지만 최선을 다해 꼼꼼하게 읽고 함께 나눌 만한 이야기들을 정리해둔다. 처음에는 잘못 읽고 있는 게 아닐까 하는 걱정도 많았지만, 모임원들과 이야기를 나누다 보면 자연스럽게 올바른 방향으로 가거나 다양한 관점을 나누게 되어서 점점 걱정을 덜 하게 되었다.

사실 어느 순간부터, 책을 읽고 생각을 나누는 모임에서는 그런 걱정이 필요하지 않다는 것을 깨달았다. 책이 항상 중심에서 우리를 잡아주고 있다는 것을 알게 되었다. 서로의 생각을 자유롭게 나누다 보면 각자의 일상이나 최근에 화제가 되고 있는 이야기들을 하게 되는데, 그러다가도 어느새 책으로 돌아와 책의 내용과 연결해서 이야기를 나누고 있는 것을 깨닫게 된다. 독서모임에서 읽는 책들은 주로 소설인데, 소설 속에서 다양한 삶과 인물들을 만날 수 있으니까 아무래도 자연스럽게 책과 현재 삶의 이야기가 오가게 되는 것이 아닐까. 그리고 그런 이야기를 나누는 것이 작품만 열심히 분석하는 것보다 훨씬 더 오래 마음속 깊이 남는다.

어쩌면 그런 경험은 우리 독서모임이 무척 자유롭기 때문에 가능한 것도 같다. 우리 모임은 회원제도 아니고, 특별한 형식이 있는 것도 아니다. 누구나 미리 책을 읽어 오면 신청할 수 있다. 사실 처음에는 다른 책방들처럼 회원제 독서모임을 하는 게 좋지 않을까 하는 고민을 많이 했다. 회원제 모임은 기간이 정해져 있어서 그 기간 동안은 모객을 걱정하지 않아도 되고, 회비가 있으

초콜릿 모양 책장에서는 판매용 책은 물론, 초콜릿책방 독서모임
'위태로운 북클럽' 사람들과 함께 만든 잡지(왼쪽 위)도 만날 수 있다.

니까 책방 운영에 조금이라도 도움이 되기 때문이다.

그런데 정해진 틀을 별로 좋아하지 않고 즉흥적으로 정하는 걸 선호하는 내가, 모임을 위해서 타인에게 그런 것을 강요하는 것이 과연 올바른 일일까 생각하다 보니 그런 방식을 택하지 못했다. 그러다 보니 지금처럼 매주 토요일 오전 11시에 모인다는 것을 제외하고는 별다른 규칙이 없는 모임이 만들어졌다. 누구나 미리 책을 읽어 온다면 신청할 수 있고, 자기소개를 하지 않아도 되고, 책 이야기를 진심으로 나눌 수 있다면 환영하는 모임 말이다. 그래서 그런지 시간이 지날수록 연령대가 다양해지고 나누는 주제가 풍부해졌다.

책을 통해서 만났다고는 하지만 전혀 다른 사람들이 모여서 한 자리에 앉는 것인데, 생각이 서로 일치하는 것이 더 어렵다고 생각한다. 그런데 모두들 조심스럽게 서로의 의견을 경청하고 차이를 알아가다 보니, 다양성과 포용하는 태도까지 배우게 되었다. 그런 시간이 자연스러운 배움의 자리가 아닐까. 그렇게 소중한 모임이기에 단 한 명이 오더라도 계속해야만 한다고 생각해서 그렇게 진행하고 있다.

문제는 토요일 아침마다 마음을 졸이고 있다는 것이다. 날씨가 험한 날은 더더욱.

마음까지 축축해지던 토요일 오전 11시 15분, 책방 문 밖에서

우산을 접으며 환하게 웃는 모임원 얼굴이 보인다.

"늦어서 죄송해요! 비 때문에 차가 좀 막혔어요. 그래도 저, 다 읽었어요!"

그 얼굴을 보면서 독서모임을 지속해야 할 이유를 하나 더 찾는다. 이런 열정을 가진 사람과 함께 시간을 나눌 수 있다는 것만으로도 모임이 사라지면 안 된다고 믿는다. 그리고 독서모임 덕분에 우리 책방이 존재할 이유가 있다. 마음까지 가난해지고 힘들 때마다 그 이유를 계속 생각한다.

코로나로 책방 운영이 힘들어지고, 독서모임도 온라인으로 진행할 수밖에 없게 되자 모임원들이 자발적으로 회비를 걷자고 했다. 책방이 사라지면 안 된다고 걱정하면서 말이다. 그래서 그동안 참가비 없이 운영하던 독서모임에 참가비가 생겼다. 그뿐 아니라 시간이 날 때마다 들러서 책이든 초콜릿이든 사 가고, 오기 힘들 때는 택배로 주문하기도 했다. 모두들 진심으로 책방을 걱정해주어서, 고마운 마음에 힘을 얻었다.

코로나 이전에는 독서모임이 끝나면, 같이 밥도 먹고 이런저런 이야기를 나누다가 책방에서 할 수 있는 이벤트를 함께 기획하기도 했다. 함께 파티를 열기도 하고 영화모임도 하고 각자 가지고 있는 재능으로 강의를 하기도 했다. 작년에는 마을예술창작소의 지원을 받아서 잡지를 만들기도 했다. 토요독서모임을 하다 보니 독서모임이 좋다는 걸 알게 되어서 평일 독서모임도 만들었고, 그 모임에서는 참석자들의 요청에 맞춰 그림책도 읽고 함께 그림도 그리며 서로의 일상을 나누었다. 책방이 점점 작은 사랑방 같은 공간이 되어갔다. 마음이 힘들거나 외로울 때 찾아와서 핫초콜릿을 마시며 책을 읽다가 가기도 하고, 책방에서 만난 사람들끼리 시간 가는 줄 모르고 이야기를 나누기도 한다.

책방은 이곳을 방문하는 사람들이 만들어가는 공간이라고 생각한다. 처음 문을 열 때부터 '달콤 쌉쌀한 초콜릿과 같은 인생을 나누는 공간'이 되고 싶었고 편하게 드나들 수 있는 동네 사랑방이었으면 했다. 그래서 열람용 서가를 다양하게 구성하고 누구든 아이디어를 내면 가리지 않고 문화 행사를 진행해왔다. 아이와 함께 와서 열람용 서가에 있는 그림책을 읽는 동네 사람들부터, 매주 독서모임에 참여하러 파주나 남양주에서 오는 사람들까지 모두 이곳에 오면 책과 함께 숨 쉬며 웃고 이야기하고 마음을 나누었으면 좋겠다.

책방 운영은 누구나 알다시피 경제적 만족을 얻을 수 있는 일이 아니다. 그보다는 정신적 혹은 정서적 만족감에 좀 더 무게를 실어야만 행복할 수 있다. 매일 운영에 대한 걱정으로 힘들긴 하지만 책과, 책을 통해 만난 사람들에게서 여전히 많은 것을 배우고 있다. 그래서 타인에 대해 너그러워지고, 인생에 대해 좀 더 깊이 생각하는 계기를 만들어주는 이 공간을 사랑하지 않을 수가 없다. 달콤 씁쓸한 초콜릿의 매력과 다양한 인생의 모습이 담겨 있는 책의 마력에서 벗어나지 못하는 것처럼 말이다.

이선경

책과 술, 초콜릿의 조합으로 이루어진 사람. 그 셋 중 하나라도 좋아하는 사람이라면, 초콜릿책방에서 함께 놀면 좋겠다.

국자와주걱

—

시골 마을 한적한 책방이지만
좋은 이웃과 좋은 책이 가득한 곳

지금도 비는 오고, 난 책방에 밥 말리 노래를 크게 틀어놓았다.
책은 백열 권은 아니고 열 권은 넘게 팔았다.
앞으로 맨날 백 권씩 팔 거니까 걱정은 없다.

책방

늘 그렇지, 뭐.
내가

이런 글을 쓴다는 것은 내겐 낯설기가 그지없다. 마치 생전 맨 얼굴에 느닷없이 분칠을 하는…. 그래서 막 허옇게 뜬 얼굴을 내보이는 것 같다. 그렇게 난감해하니 출판사에서 여기저기 쓴 일기 중에 몇 개를 골라줬다.

2020년 7월 24일

늦게 일어났다. 어젯밤 북콘서트가 끝나고 몹시 감동받아 발노할 수 없는 몇몇들과…. 그들과 감동을 좀 누르고서야 책방에 들어와 잘 수 있었다.

비가 안 온다 했다 온다 했다 시간대별로 날씨를 확인하면서 걱정 반 기대 반으로 장소를 책방 뒤뜰로 했다가, '큰나무카페(발

달장애인을 위한 마을공동체 큰나무캠프힐에 속한 카페로 이들이 직접 빵을 만들고 커피를 내리며 사람들과 소통하며 열심히 일하는 곳이다)'로 주사위 놀이하듯 옮기기도 하고….

그렇게 보름을 보내고, 어제가 바로 북콘서트 날이었다.

진짜 폭우가 쏟아졌고, 작가님과 말로 팀은 두 시간 정도 일찍 왔다. 아, 음향 팀은 오전에 왔다.

이런 날씨에 비바람을 헤치고 어두운 시골길을 오신 분들도 있다. 그것도 가깝지 않은 거리에서. 난 정말 이럴 땐 죄인이 된 것 같다.

이렇게, 작은 북콘서트 장소는 사람들로 꽉 찼다.

말로 노래는…. 재즈에서는 발성 자체가 하나의 악기라고 들은 적이 있다. 말로를 '스캣'의 여왕이라고 한다고 들었다. 난 온몸으로 아, 이런 걸 행복이라고 하나? 싶은 뭔지 표현할 수 없는 감정에 당황했다.

조금 전까지 죄스럽던 마음은 온데간데없이 너무 감격스러웠다. 이런 노래를 들을 수 있다니 모두에게 얼마나 행운인가, 이 자리를 마련했다는 것에 조금 우쭐해지기까지 했다. 급기야 눈물이 주루룩!

그랬다. 말로 표현하지 않는 게 더 좋을 감동이었다.

이 감동과 감격은 말로의 노래만으로 얻게 된 것이 아닐 것이다. 가까이에 있는 자람도서관 친구들이 미숫가루를 타 온다더니, 손님들 추울까 봐 백 명이 먹을 어묵탕을 끓여 왔다. 이 날씨에 빨간 우비 입고 황구가 밭에서 옥수수를 땄고 동네 농부 총각 현규가 엄니랑 옥수수껍질을 다 까서 엄청 큰 솥단지까지 들고 트럭에 실어 왔다. 큰나무카페 식구들은 밤 10시가 넘어서까지 치우고 정리하고.

북콘서트의 주인공 강창래 작가님은 몇 번 뵙지 않았지만 왜 이렇게 만날 때마다 사연이 있는지. 그리고 왜 이렇게 만날 때마다 너무나 인간적인 모습인지. 왜 하필 재즈만 좋아해서 또 이런 쓰나미 같은 감동을 몰고 왔는지.

이 모든 것이 어제 나를 오만하게 만들었다.

지금도 비는 오고 난 책방에 밥 말리 노래를 크게 틀어놓았다. 책은 백열 권은 아니고 열 권은 넘게 팔았다. 앞으로 맨날 백 권씩 팔 거니까 걱정은 없다.

2020년 12월 30일

읍에 다녀온 날. 수요일에 온다고 했는데 당연히 나는 싹 다 까먹고 읍에 갔다 왔더니 책을 골라 쌓아놓고 뒹굴뒹굴 누워 있는 4년 된, 친구 같은 똘똘이 아가씨. 내 단골손님이다. 이 추운 날, 약속 까먹었다고 까칠하게 굴 수도 있는데 어찌나 맘을 편하게

한적한 시골책방 안에는 드나드는 이웃들의 손길과 발길이 가득하다.
이런 삶이 계속되기를 바라는 마음에서 환경과 생태에 대한 책들은 잘 보이는 곳에 둔다.
'책방 국자와주걱' 글씨는 장명규 선생님이 써주셨다.

해주던지…. 이런 시기이기에 일부러 찾아와준 속 깊은 친구.

해 지는 노을 보러 나왔는데, 노란 예쁜 달이 활짝 웃고 있더라고. 그냥 모든 것이 고마운 날이다. 그래서 '국자와주걱'은 백 권 파는 책방이 되었더래.

백 권 파는 책방이 되기 위해 바로 준비에 들어간다.

톨스토이, 간디, 스콧 니어링. 세 사람은 서로 만난 적이 없다. 하지만 니어링은 간디와 톨스토이를 자신의 스승으로 삼았다. 간디 또한 자신의 농장을 톨스토이 농장이라 이름 짓고 톨스토이의 정신을 이어가려 했다. 강화도 작은 책방 국자와주걱에서는 아름다운 사제지간의 정을 기리며 세 사람의 책으로 '위대한 스승' 책 보따리를 구성했다.

끼워 팔기지만 많은 분들이 이 수작에 넘어가 영혼의 성장에 도움이 되길 진심으로 바라며. 물론 낱권도 구매 가능하다. 책 보따리 구입 시 강화 속노랑고구마빵도 증정한다. (맛있음ㅎㅎ)

> 인간이 행복해지기 위한 방법은 오직 하나, 사랑하는 것이다. 그것도 자기를 희생해서 사랑하고, 모든 인간 모든 사물에 애정을 쏟고, 사방팔방으로 사랑의 그물을 쳐서 걸려든 모든 것을 구해주는 것이다.
>
> -톨스토이 (『인생이란 무엇인가 3 행복』에서)

2021년 5월 15일

이렇게 아침에 일어나면 바로 뒷마당으로 앞마당으로 집 주위를 빙빙 돌면서 무심코 손으로 잡아 뜯은 풀이 동산만큼 쌓인다. 몸이 기진맥진하면 들어가 밥 한 그릇 뚝딱하고, 조금 앉아 있으면 기운이 돌아 다시 움직인다.

책방 할매가 꽃을 책 보듯 하고 있으니…. (그러면 어떡해!)

뭐 그냥 아마 곧 그러다 말 거야.

어제 아침엔 큰나무카페에서 천재들 꽃모종 심는 거 도와준다고 두 시간을 설치고, 꽃모종 한 판 얻어 와서 아침부터 여기저기 자리 찾아 심느라 오전 내내 또 기진맥진 될 때까지 종종거렸다. 그러다 든 생각. 앗! 오늘 손님 오지! 얼른 책방으로 가서 구석구석 청소는 못 하고, 눈에 보이는 데만 여기저기 치웠다.

저녁이 되니 기운을 차려서인지 왔다 갔다 하는 발걸음이 신난다. 꽃 심었는데 비도 오고!

책방 앞 도로에 개구리인지 두꺼비인지의 새끼들이 모두 길바닥에서 뻘떡뻘떡 뛰고 있었다. 차가 다니는 길이라 나는 너무 놀라 아이들이 다치지 않게 길 바깥으로 옮겨줬다.

어렸을 때도 나는 개구리들 안 다치게 개구리 길 만들어준다고 이맘때면 학교도 조퇴하고 산으로 다녔다 하는데 이 아이들이 나를 알아봤나보다.

어제는 기온이 29도까지 올라가 꽃들이 죄다 후딱 피어났다. 앗, 깜짝이야! 나도 너도 놀랐구나 하며 꽃이랑 대화도 하고, 보라색 붓꽃이랑 하얀 불두화를 가위로 몇 송이 잘라 꽃병에 꽂아놓았다.

2021년 6월 30일

일찍 일어나 감자를 캤다. 모기보다 먼저 움직이려고 했으나 그건 내 생각이었고 모기는 기다렸다는 듯이 떼로 달려들었다.

낑낑거리며 감자를 모두 옮겨놓고, 또 이것저것 야채랑 어제 남은 수박이랑 주워 먹으며 마니산을 바라보다가 생각이 났다.

어제 다녀간 사계절출판사 대표님이 사계절에서는 종이컵을 한 개도 안 쓴다고, 앞으로 출판단지에서는 일회용품 안 쓰기 운동이 펼쳐질 것이라고 했다.

뭐든 거의 싹 지워지는 요즘 내 머릿속 기억이지만 어쩌다 이런 건 생각이 난다.

아, 이제부터는 뭔가 실천하는 출판사 책들만 팔까. 아, 국자와 주걱도 철저하게 비닐이나 일회용품 안 가지고 오는 손님만 받을까. 아, 카페도 그렇게 실천하는 곳만 다닐까.

그렇게 혼자 까까까, 하고 있는데 진짜 까치가 뒷마당 참나무에 앉아 까까거리고 있다.

어제 강의하러 온 출판사 대표님이 책을 한 박스 사 가셨다. 과부 사정은 과부가 안다고 꼭 작가들이랑 출판사 분들이 책을 사 간다. 그럴 때면 책 안 팔고 밖으로 나가고 싶다.

뭘 이것저것 많이 챙겨 오셨기에 뒷마당에서 꽃이나 꺾어드리려고 꽃병에 한아름 해놓고는 싹 까먹고 드리지 못했다.

늘 그렇지, 뭐. 내가.

김현숙

시골에 살면서도 늘 시골을 그리워하는 책방지기. 책방은 자주 비워두고 동네 이 길 저 길 여러 갈래 길을 두리번거리며 해찰하며 책방을 운영한다.

그림책방카페 노란우산

—

그림책 작가인 책방지기와 로스팅 마스터 카페지기가
사람들과 이야기를 나누고 싶어서 꾸린
제주도의 그림책방 겸 카페

이제 그림책방 노란우산은 저희 개인의 책방이 아닌
모두의 책방이 되었습니다. 힘들고 지칠 때 언제든 책방으로 오세요.
쉼이 되고 치유와 힐링이 되는 책방이 되겠습니다.

<이곡의 신간>
·용맹호
·왜 우니
·두더지의 여름

그런데…
하면 좋겠습니다

6년 전 제주 서쪽 시골 마을에 카페를 열고 한 켠에 그림책 서가를 만들고서 '그림책방 노란우산'을 열었습니다.

책방지기들은 램프와 지니입니다. 지니는 도시에서 15년 동안 병원에서 간호사로 근무했습니다. 램프는 목사직을 내려놓고 오전 10시부터 밤 11시까지 로스터리 카페를 운영하고 있었습니다. 도시 생활은 저희 둘이 아무리 열심히 일해도 여유가 없었고 온 가족이 함께 저녁밥 한 끼를 먹을 수 없었습니다. 아이들과 함께 한 상에 둘러앉아 밥을 먹고, 안정된 저녁 시간을 갖고 싶다는 소망으로 "우리, 시골로 가자!" 결심하고 열심히 저희가 살 시골을 찾았습니다.

막상 시골로 가려고 하니 어떻게 살지 막막했습니다. 농사를 지으려면 땅도 있어야 하고, 심지어 체력도 좋아야 할 텐데 평생 농사라고는 할머니 텃밭 정도만 겨우 구경하고 살았던 저희로서는 엄두도 낼 수 없었습니다. 시골에 가서도 병원에 다니려면 도시로 왔다 갔다 해야 할 텐데 그러면 시골로 가는 의미가 없고…. 카페를 할 수 있는 시골이 어디일까 찾던 중 결정한 곳이 제주였습니다.

첫째 라엘의 초등학교 입학에 맞추어 부랴부랴 제주로 이주했습니다. 제주 서쪽 시골 마을에 1970년대 지어진 구옥을 임대하여 안거리에 살림집을, 마당 건너 밖거리는 개조하여 카페를 열었습니다. 처음엔 동네 분들이 이상하게 생각했습니다. 이런 시골에 구멍가게도 아니고 커피집을 열었으니까요. 장사는 되는지 밥은 먹고 사는지 걱정 반, 저러다 금방 지쳐서 가겠거니 하며 호기심 반으로 지켜보셨습니다.

제주 시골로 와서 제일 좋았던 건 아이들과 밥 먹고, 책 읽고, 함께 잘 수 있었던 것입니다. 외식하지 않아도, 마트가 없어도, 치킨과 짜장면이 배달이 안 되어도 너무나 좋았습니다. 아이들과 마당에 모닥불을 피우고, 별을 보고, 반딧불이를 볼 수 있어 참 행복했습니다.

한번은 카페 단골손님이 지나가는 말로 "여기 책방도 함께 하면 좋겠어요." 하셨습니다. 그 말을 그냥 흘려들을 수가 없었습니다다. 그날부터 저희는 책방 꿈을 꾸기 시작했습니다. 어떻게 하면 책방을 열 수 있을까 수소문했습니다. 그러다 대전에 살 때 북스타트로 뵙고 알게 된 계룡문고 이동선 대표님께 용기 내어 연락을 드린 후 책방을 열 수 있는 방법을 들으려고 찾아갔습니다. 그때 대표님의 말씀이 잊혀지지 않습니다.

"내가 부러워 보이죠? 이게 다 빚이에요. 서점 운영하기 정말 어려워요. 그런데… 했으면 좋겠어요. 마을마다 작은 책방들이 있으면 좋겠어요. 아이들이 놀다가 엄마랑 와서, 엄마 커피 한잔 할 동안 애들은 책을 보고 맘에 드는 책 사 가고 하면 얼마나 좋겠어요?"

그러고는 한 분을 소개해주셨습니다. 책 유통 방법도, 서점 창업 방법도 알려주지 않고 어딘가에 전화를 하더니 "이분이 시키는 대로만 하면 될 거예요." 하고 연락처만 주셨습니다.

어떤 도인이 가르쳐주시듯 너무나 뜬금없는 말을 이상하게 믿고서는 다시 제주로 와서 그분께 연락을 드렸습니다. 너무나 반갑게 '도서관친구들 책장터' 행사장으로 오라고 하셔서 찾아뵈었습니다. 정신없는 행사장에서 인사를 나누고 "무슨 책 좋아해요?" 물으시길래 "그림책 좋아합니다." 했더니 잘되었다며, 그림책 창작 과정이 있는데 해보라고 하셔서 얼떨결에 하겠다고 하고, 도서관친구들 운영위원에 들어오라고 하셔서 그러겠다고 했습니다. 그리고 때마침 저희 카페 근처에 그림책 심리학을 공부한 한 선생님이 이주해왔으니 책방을 하기 전에 그림책 모임을 꾸려보라고 하셨습니다. 그래서 신혜은 교수님께 그림책 심리학을 배운 아우팅(박현정)을 만나 '그림책, 나 이야기' 모임을 엄마들과 시작했습니다. 그러다 예술그림책방을 하면 어떻겠냐는 제안에 너무나 좋아 그렇게 정하고 준비하기 시작했습니다.

그림책을 좋아했지만, 그림책에 대한 지식은 없고 자신도 없어 우선 공부를 하기 시작했습니다. 제주에는 딱히 공부할 만한 곳이 없었으나 박연철 작가님의 더북 그림책 창작 과정이 생겨 16개월 공부를 시작했습니다. 그림책 한 권 만들어보면 그림책에 대해 좀 알 것 같아서였습니다. 그 덕분에 2020년 봄, 보림출판사에서 그림책『엄마의 섬』을 출간하게 되었습니다.『엄마의 섬』은 제가 태어나 11살까지 살았던 섬에 대한 그리움을 쓴 글입니다. 누구에게나 사유의 장소가 있지요. 제게 그런 공간은 나로도 섬이었습니다. 섬을 떠나 얼마나 섬앓이를 했는지 모릅니다. 아마 그런 섬에 대한 그리움 때문에 제주로 와서 책방을 하며 살고 있는지도 모르겠습니다.

황진희 선생님과 함께 일본 그림책 투어도 다녀왔습니다. 어린이책 전문 서점, 그림책 도서관, 그림책 갤러리, 그림책 박물관, 그림책 미술관, 그림책 마을 등등 도쿄 도심에서부터 숲속과 시

화재로 사라지기 전 서광점의 그림책 서가(위)와 광령점 서가(아래) 풍경.
책방에 들어서는 순간, 그림책 앞표지가 보이게 전시한다.

골에까지 꼭 함께 있었던 게 바로 책방과 카페였습니다. 저는 투어를 하며 확신이 들었습니다. 시골에서 그림책방을 열어도 사람들이 찾아올 거라는 확신 말입니다.

돌아와서는 본격적으로 카페 한 켠에 그림책 전면이 보이는 서가를 만들기 시작했습니다. 공간 효율성에 맞지 않았지만, 그림책이 제일 빛날 수 있는 배치를 위해 책 사이즈에 맞추어 서가를 만들었습니다. 구두장이 요정처럼 밤에는 공사를 하고 낮에는 카페를 하며 책방을 준비했습니다. 그때 마침 서울에 보림출판사에서 운영하는 '그림책카페 노란우산'이 오픈했습니다. 그림책 이름을 책방 이름으로 쓰는 게 너무나 부럽다는 제 말을 도서관친구들 대표님이 보림출판사 대표님에게 전하자, 대표님이 흔쾌히 허락해주셔서 로고와 '노란우산'이라는 이름을 사용하게 되었습니다.

제주에 그림책방이 생겼다는 소식이 그림책을 사랑하는 분들의 입에서 입으로 전달되어 제주에 여행 오면 한 번쯤은 들르는 곳이 되었고, 그림책 작가와 그림책 출판사 관계자분들도 많이 들러주셨습니다. 작가님들은 오시는 길에 작가와의 만남을 갖기도 해서 작은 시골책방에서 그렇게 많은 북토크와 행사를 하는 것도 이례적인 일이었습니다. 제주시에서, 제주 동쪽에서 한라산을 넘어 책방 행사에 오시는 분들도 많았습니다.

제주에는 차로 30분 이상 걸리는 곳은 장거리로 생각해 잘 움직이지 않으려는 분들이 많습니다. 많은 분들이 제주시에도 그림책방이 더 있으면 좋겠다며 너무 먼 게 흠이라 하셨습니다. 우리는 지역 주민들이 이용하는 동네책방이 되고 싶었는데 여전히 관광 장소인 것 같다는 생각이 들었습니다. 그래서 제주시와 접근성이 좋은 곳에 책방을 하나 더 열었습니다. 아이들에게 그림책 원화를 보여줄 수 있는 작은 전시 공간도 마련하고 다양한 도서 문화 활동들을 기획하여 단순히 책만 파는 곳이 아닌, 책을 통해 문화와 삶을 함께 나누는 공간을 꿈꾸며 광령에 2호점을 오픈했습니다.

엄마 아빠, 삼촌들과 청소년들의 독서모임을 통해 건강한 몸, 건강한 정신, 건강한 환경, 건강한 사회에 대해 고민하고 꿈꾸게 되었습니다. 책방지기들의 이전 전공 때문일까요? 저희는 책방이 중심인 마을을 꿈꿉니다. 마을까지 아니더라도 느슨한 공동체를 꿈꿉니다. 지치고 아픈 사람들이 와서 쉬고 치유받고 힐링할 수 있는 곳을 만들고 싶습니다. 제주는 자연이 너무나 아름답습니다. 울창한 숲과 수백 개의 오름들과 아름다운 바다와 한라산. 자연이 주는 힘과 그림책으로 아프고 지친 마음과 영혼을 치유하고, 건강한 먹거리와 운동으로 건강을 회복할 수 있는 공간을 마련하기 위해 친구들을 만들어가고 있습니다.

계룡문고 대표님이 사람을 소개해주신 게 어떤 의미였는지 또 책방을 준비하는데 왜 책모임부터 하라고 하신 건지 알 것 같았습니다. 책방을 한다는 건 사람과 책을 잇고, 사람과 사람을 잇는 일입니다.

많은 분들이 그림책방을 하고 싶다고 문의하십니다. 저도 계룡문고 대표님처럼 말하게 되더라고요.

“책방 하는 게 좋아 보이죠? 부럽기도 하고요. 그런데 참 힘든 일입니다. 돈도 벌기 힘들고요. 그런데… 하시면 좋겠습니다. 전 책방을 하고 지경이 달라졌어요. 이렇게 선생님과 만날 수 있는 것도 책방 덕택입니다.”

그리고 모임을 만들라고 합니다. 사람들이 책방을 만들어갈 거라고 말합니다. 그림책방 노란우산도 그랬으니까요.

얼마 전 서귀포점에 불이 났습니다. 누전으로 인한 화재였습니다. 수천 권의 그림책과 함께 7년 동안 쌓아놓은 추억들이 불타 사라졌습니다. 처음엔 믿기지 않아 몇 번을 확인하고 꿈이라면 언제 깨려나 싶기도 했습니다. 화가 났다가 원망도 들었다가 멍해져 있는데 전국동네책방네트워크에서 모금 운동을 해주셨습니다. 코로나19로 가뜩이나 동네책방들도 힘든데 이런 일로 심려끼치는 게 너무나 면목이 없었습니다. 그런데 어찌된 일인지 화재 소식이 그림책협회에, 출판사협회에, 대독문에, 꿀시사회에 퍼지면서 모금 운동이 일어났습니다. 그러더니 SNS에 노란우산의 노랑이 퍼지기 시작하고 신문에도 나오고…. 이번에는 후원의 불이 일어났습니다. 너무나 감당하기 벅찬 일들이 한꺼번에 일어나 어찌해야 할지, 또 이걸 어찌 갚아야 할지 모르겠고 가시방석인데, 여러 선생님들과 대표님들, 작가님들이 빨리 재건하는 게 갚는 거라고 다독여주셨습니다. 그림책방 노란우산에서의 추억을 아쉬워하며 복원에 힘을 보태주셨습니다. 이제 그림책방 노란우산은 저희 개인의 책방이 아닌 모두의 책방이 되었습니다. 책방에 불이 났는데 힘든 일보다 감사한 일들이 백 개는 더 많아졌습니다.

얼마전 그림책방 노란우산 서귀포점이 다시 문을 열었습니다. 힘들고 지칠 때 언제든 책방으로 오세요. 쉼이 되고 치유와 힐링이 되는 책방이 되겠습니다. 어서 오세요. 별난책방×불난책방×그림책방×노란우산입니다.

김종원·이진

목사와 간호사로 만난 16년 차 부부다. 김종원은 큐그레이더이자 로스팅 마스터로 커피를, 이진은 그림책 작가로 그림책을 맡아 그림책방카페 노란우산을 함께 운영하고 있다.

보배책방

—

인문서 만들던 편집기획자 책방지기의 눈길과 손길로 꾸려지는
애월읍 납읍리의 동네책방

책을 산 후 그 여운을 책방에 잠시라도 머물면서 느낄 수 있고,
아이들이 직접 자신의 책을 고르고 다양한 책과 책 읽는 어른들을 만날 수 있는
그런 책방이면 좋겠다. 책과 사람을 잇기도 하고, 여러 질문과 생각이
오고 가는 보배책방에서 마음껏 책 수다를 나누는 날들을 꿈꾼다.

보배책방

보배책방 말이야,
뭐라고 소개할 거야?

"어쩌다 책방을 내셨어요?"

책방을 차린 후 가장 자주 받은 질문이다. 제주에 오기 전 서울에서 편집자 생활을 할 때부터, 정확히는 2010년 여름부터 책방을 하고 싶었다. 제주 이주 2년 차에 1년간 공간을 무료로 빌려준다는 말에 덜컥 책방을 냈다. 겁 없이 일을 벌인 가장 큰 이유는 책방을 내면 나와 책으로 수다할 상대를 쉽게 찾을 수 있을 것 같았기 때문이다. 밤새 책을 둘러싼 온갖 이야기들을 나누며 상기되는 그 기분을 공유할 누군가를. 2019년 이른 봄, 보배책방은 더럭초등학교 근처 연꽃으로 유명한 연화지 맞은편에 문을 열었다. 초등학생인 딸이 학교를 끝내면 촐랑촐랑 와서는 책을 보다 같이 퇴근하는 일과였다.

처음 독서모임을 만들 때 유료냐 무료냐 같은 운영 방법도 고민이었지만, 나와 독서력이 비슷한 사람들을 모을 것인가 아니면 책과 더 친해지고 싶은 사람들을 모을 것인가 하는 부분이 가장 어려웠다. 결국 누가 올지 모르니, 너무 어렵지 않고 누구나 한 가지의 주제에 대해서는 이야기를 꺼낼 수 있는 책으로 골랐다. 첫 책으로 은유 작가의 『다가오는 말들』을 읽었는데, 작은 공간에 둘러앉아 서로의 목소리에 귀 기울이고 호응하던 그 시간이 아직도 생생하다.

처음엔 분명 책 동무를 찾고 싶은 마음이 컸는데, 책방을 꾸린 뒤에는 점차 도시에 비해 문화적인 혜택이 적은 시골 아이들이 보였다. 시골의 동네책방이나 작은도서관들이 그 부분에서 할 역할이 있다고 생각한다. 친분이 있는 작가들에게 제주에 다른 강연으로 내려오는 길에 애월 아이들과 부모들을 만나러 와달라고 부탁했다. 감사하게도 이현 작가, 이정모 관장을 비롯한 여러 저자들이 보배책방으로 독자들을 만나러 와주었다. 제주에서 가장 작은 책방이 아닐까 싶을 만큼 작은 곳이지만, 책방으로서 한 걸음 내디딘 첫해였다.

코로나19와 월세라는 장벽으로 집에 책을 쌓아둔 지 6개월. 지인의 티룸을 빌려 장전리에서 보배책방 시즌 2를 시작했다. 책방에서는 첫해보다 더 자주 저자 북토크와 독서 토론이 열렸고, 개

책은 인문 교양서가 가장 많고 문학, 예술서와 어린이책이 공간에 비해 꽤 많은 편이다.
납읍리 보배책방은 붉은 벽돌 건물로 한층 넓어졌다.

인적으로는 아이들과 인문 토론수업을 하고 매주 한 시간씩 아이들과 낭독을 하고 있다. 작은 책방이지만 조금씩이라도 책의 영향력을 퍼뜨리고 싶다.

3년간의 유랑 시절을 지나 올해 드디어 애월 납읍리에 집과 책방을 짓고 보배책방 시즌 3를 시작하게 된다. 설계를 하면서 공간 구성에 대한 고민을 많이 했다. 나는 책방에서 무엇을 하고 싶은 걸까. 처음 한동안은 꼬리에 꼬리를 무는 생각 속에서 헤맸다. 한창 책방 설계를 고민할 때, 저지리에 〈동물, 원〉 다큐를 보러 갔다. 파파사이트 대표님이 나를 다른 분에게 "보배책방 대표님이셔, 보배책방은 음… 책을 파는 것보다 동네 커뮤니티 일을 더 열심히 하고 계셔."라고 소개하시는 거다. 그 순간 정신이 퍼뜩 들었다. 아, 내가 그러고 있구나. 누가 등 떠미는 것도 아닌데 자꾸 그쪽으로 발을 내밀고 있구나.

납읍리의 보배책방은 하가리, 장전리 시절보다 두 배 이상 넓어진다. 손님들에게 책을 최대한 잘 보이도록 진열하고 싶은 마음이 가장 컸고, 코로나 시기에도 북토크나 모임이 가능한 공간이 되길 원했다.

이곳이 책을 산 후 그 여운을 책방에 잠시라도 머물면서 느낄 수 있고, 아이들이 직접 자신의 책을 고르고 다양한 책과 책 읽는 어른들을 만날 수 있는 그런 책방이면 좋겠다. 누군가 나처럼 책에 대해 얘기하고 싶은데 대화 상대가 없다면 언제든 환영이다. 책과 사람을 잇기도 하고, 여러 질문과 생각이 오고 가는 보배책방에서 마음껏 책 수다를 나누는 날들을 꿈꾼다.

정보배

22년간 출판사에서 인문교양 분야의 책을 기획하고 만들고 읽어왔다. 2018년 제주로 이주해 2019년 봄에 보배책방을 열었다. 당장 읽지 못하는 책이라도 절판될까 두려워 사두는 편이다.

제주풀무질

—

평등, 평화 세상을 찾아 풀무질을 하는
작은 인문사회과학 책방

광복이는 책방을 좋아해서 제가 아침에 책방을 열 때
먼저 책방으로 들어와요. 책방에 손님이 오면 가만히 있어요.
짖지도 않고 살짝 다가가서 냄새만 맡아요.

'제주풀무질'이에요

책방 제주풀무질. 사람들은 책방에 오면 '풀무질'이 무슨 뜻이냐고 묻는다. 난 이렇게 말한다. "제주풀무질은 서울 명륜동 성균관대학교 앞에 있는 풀무질에서 이름을 가져왔어요. 풀무질엔 두 가지 뜻이 있어요. 하나는 사전에 나온 뜻으로, 대장간에서 쇠나 낫을 만들 때 불을 피우려고 바람을 넣는 기구가 풀무예요. 책 바람을 일으킨다는 뜻이지요. 하지만 속뜻은 달라요. 1970~80년대 잘못된 군사정권에 불 바람을 일으킨다는 뜻이 있어요. 1980년대에는 대학교 과마다 학회지라는 것을 만들었어요. 풀무질은 성균관대학교 신문방송학과 학회지 이름이에요. 그때 학회지 이름은 횃불, 태양, 들불, 진군 같은 센 느낌으로 많이 지었어요. 서울풀무질은 1986년 2월에 처음 문을 열면서 성대 신문방송학과 학회지 이름을 빌려 썼어요."

어떤 사람들은 또 물어본다. "서울풀무질과 제주풀무질은 어떤 관계예요?" 그럼 또 이렇게 말한다. "제가 서울풀무질에서 26년 2개월 11일 동안 일을 했어요. 1993년 4월 1일 제 나이 28살부터 2019년 6월 11일 제 나이 54살까지 일을 했지요. 서울풀무질을 그만두면서 빚이 1억5천만 원쯤 되었어요. 부모님이 도와주셔서 산 낡은 아파트를 팔아서 출판사에 줄 빚을 다 갚고 책방을 젊은 사람 세 분에게 물려주었어요. 그분들 허락으로 풀무질이라는 책방 이름을 쓰게 되었어요. 서울풀무질과 제주풀무질은 동무사이예요."

또 이렇게 묻는 사람이 있다. "제주도에서 책방을 해서 행복하나요?" 난 그럼 또 말한다. "아주 행복해요. 하지만 제주도가 개발을 하면서 자연을 파괴해서 마음이 아파요. 제주도에서 산 지 2년 조금 넘었어요. 저는 제주도를 15년 만에 왔어요. 같이 제주도에 온 아내와 아들은 제주도를 좋아해서 1년에 한 번쯤은 왔지만 저는 서울풀무질 책방 일을 하느라 어디 가족 나들이 한번 제대로 갈 수 없었지요. 오랜만에 제주도에 오니 여전히 아름다워요. 하지만 성산에 제2공항을 만든다, 송당 비자림에 있는 삼나무 2,500그루를 벤다, 선흘2리에 동물원을 만든다 하면서 제주도를 마구 더럽혔지요. 서울에 있을 때는 이런 일이 있으면 개발에 반대하는 서명을 하고 돈을 내면 마음이 편해요. 지금은 제가 제주도에 살고 있으니 나 몰라라 할 수 없잖아요. 그렇다고 제가 열심히 활동도 못 하고요. 사실 저는 제주도에서 조용히 살고 싶었거든요."

또 어떤 사람은 이렇게 묻는다. "서울풀무질과 제주풀무질은 어떤 것이 같고 어떤 것이 다르나요?" 나는 이렇게 말한다. "그럼 같은 것 세 가지, 다른 것 세 가지를 말할게요. 같은 것은 첫 번째로 둘 다 인문사회과학 책방이에요. 서울풀무질에서 대학 교재와 수험서도 팔았지만 인문사회과학 책이 훨씬 많았지요. 제주풀무질은 나들이하는 사람들이 읽기 편한 산문과 소설들이 많이 팔려요. 하지만 인문사회과학 책들을 많이 갖추려고 애써요. 둘째는 책읽기 모임을 여전히 하고 있어요. 서울풀무질에서도 책읽기 모임을 열 개쯤 했어요. 제주도에서는 다섯 개를 하고 있어요. 선흘녹색평론읽기모임, 제주풀무질녹색평론읽기모임, 제주주경야독모임, 고전읽기모임, 청년풀독모임이에요. 셋째는 책방을 꾸리는 뜻이 같아요. 제 꿈은 두 가지예요. 하나는 온 세상 아이들 얼굴에 환한 웃음꽃이 피는 날을 맞는 거고요. 또 하나는 남북이 평화롭게 되는 세상을 맞는 거예요. 서울풀무질에서 그런 꿈으로 책방을 했어요. 제주풀무질도 마찬가지예요. 그럼 다른 점 세 가지를 볼까요. 첫째는 서울풀무질에 책이 훨씬 많아요. 서울풀무질은 직거래하는 출판사가 백 군데가 넘어요. 직거래라는 것은 출판사에서 책이 나오면 큰 책방에 바로 보내주듯이 저희 풀무질에도 보내주는 거래를 말해요. 서울풀무질은 많을 땐 책이 오만 권이 넘었어요. 40평 공간에 이중으로 된 책장에 책이 가득했지요. 제주풀무질은 지금 이천오백 권쯤 돼요. 둘째는 책을 사는 사람이 달라요. 서울풀무질은 대학교 앞에 있어서 대학생들이 주로 책을 사지요. 주말엔 일반 손님들이 오기도 하고요. 우리나라에서 인문사회과학 책이 한 곳에 제일 많이 모여 있는 곳이기 때문이에요. 제주풀무질은 열 사람 가운데 일곱은 제주도로 나들이를 왔다가 책을 사러 와요. 나머지 손님들은 동네 사람들이나 제주도 다른 동네에 사는 사람들이지요. 제주시나 서귀포시에 사는 사람들도 와요. 제주풀무질도 인문사회과학 책들이 제주도에 있는 다른 책방에 비해서 많은 편이거든요. 셋째는 서울풀무질에서 책읽기 모임을 하면 주로 대학생들과 함께해요. 학생들은 학교를 졸업하면 모임도 못 나오지요. 제주풀무질에서 하는 책읽기 모임은 동네 사람들과 해요. 동네에 살면서 농사를 짓거나 찻집을 하거나 숙박업을 하거나 사진작가이거나 학교 선생님이거나 이런 저런 아르바이트를 하는 사람들과 이야기를 나눠요. 이들은 책방 가까이에 사는 사람들이에요. 그들은 마을을 떠나지 않는 한 책방에서 하는 모임에 죽 함께하지요."

또 어떤 사람은 이런 것을 묻는다. “왜 제주도까지 와서 인문사회과학 책방을 하려고 하세요?” 그럼 나는 말을 잇는다. “사람이 밥을 먹으려면 밥과 반찬이 있어야 하잖아요. 저는 인문사회과학 책이 밥이라고 생각해요. 물론 밥보다 반찬을 더 많이 먹는 사람도 있어요. 하지만 밥이 아예 없는 밥상은 드물어요. 그럼 왜 인문사회과학 책이 밥일까요. 인문사회과학 책은 우리가 이 땅에서 왜 사는지, 어떻게 살아야 하는지 물음을 던져요. 우리는 남과 북이 갈라진 땅에서 70년 넘게 살아왔어요. 그럼 우리는 왜 남북이 평화롭게 하나되어야 하는지 물어야 하지 않을까요. 또 요즘은 아무리 열심히 일을 해도 가난에서 벗어나지 못해요. 왜 그럴까 공부해야 하지 않을까요. 그냥 주어진 현실에만 눈을 두고 어제 살던 대로 오늘 살고, 오늘 살던 대로 내일을 산다면 사는 일이 좀 슬프지 않나요. 또 내가 이렇게 되는 대로 살면, 누군가는 아파하고 죽어가는 것이 이 세상이에요. 이 세상 사람들은 누구 하나 동떨어져서 살지 않아요. 그물코처럼 서로가 서로에게 슬픔과 기쁨을 주면서 얽혀 있지요. 인문사회과학 책은 이런 삶에 중심을 잡아주어요. 특히 요즘은 누구나 손전화기를 갖고 있어서 정보를 쉽게 찾을 수 있어요. 그럴수록 잘못된 정보에 빠지기 쉬워요. 밥심으로 산다는 말을 하듯이 인문사회과학 책을 읽으며 세상에서 올곧게 사는 길이 무엇인지 찾았으면 좋겠어요.”

책방이 된 제주 옛집에서 어린이와 어른이 함께 그림책을 읽고,
햇살 드는 창 밑에는 강아지 광복이가 낮잠을 잔다. 이곳에 평화가 있다.

또 누군가는 이런 질문을 한다. “제주도에 있는 다른 책방들과 제주풀무질이 다른 점은 무엇인가요?” 나는 또 대답한나. “제주도에 내려와서 책방을 하려고 다른 책방들을 열 군데 가까이 가봤어요. 책방들마다 마을 문화 지킴이와 사랑방 역할을 하는구나 생각했어요. 하지만 아쉬운 것이 좀 있었어요. 첫째는 책을 읽을 공간이 적은 곳이 많았어요. 저희 책방은 작은 의자지만 열 사람 넘게 책을 읽을 공간이 있어요. 둘째는 제주도에 있는 책방이다 보니 나들이 오는 사람들이 많지요. 그러니 나들이 온 사람들이 읽기 편한, 작고 쉬운 책들이 많아요. 그런 책들도 있어야 하지만 저는 인문사회과학 책들이 많았으면 했어요. 셋째, 책방은 단지 책만 파는 공간이 아니라 동네 사람들과 이야기를 나누는 곳이라 생각해요. 물론 제주도에 있는 많은 책방들이 작가와의 만남 같은 모임을 열면서 꾸준히 동네 사람들과 이야기를 나누지요. 하지만 국가기관이나 관련 단체에서 돈을 주어야 모임을 해요. 저는 그런 곳에서 돈을 주지 않아도 모임을 꾸준히 해야지 싶어요. 제주풀무질은 오히려 다른 곳에서 돈을 주는 모임은 하지 않으려 해요. 그렇게 돈에 끌려가면 책방 스스로 일어설 수 있는 힘이 사라지거든요. 하지만 지금 동네책방들은 국가기관에서 주는 돈을 받지 않으면 책방을 꾸리기가 참 힘들어요. 이러지도 저러지도 못하는 상황이죠. 답은 하나예요. 유럽 나라들처럼 완전 도서

정가제가 실행되어야 해요. 도서관과 학교가 동네책방에서 정가로 책을 사주어야 해요. 아주 간단하게 풀 수 있는 문제인데 우리나라에선 책방조차도 다른 사업체와 마찬가지로 경쟁을 해서 먹고 살라고 던져두어요. 어느 나라를 가보아도 우리나라처럼 동네에 책방이 적은 곳은 없어요. 참 슬픈 일이죠."

또 어떤 분은 이런 질문을 한다. "왜 하필이면 제주도에 와서 책방을 하세요?" 나는 이렇게 말한다. "서울풀무질이 망했어요. 제가 책방 경영을 잘 못했지요. 제 아들이 스무 살이 되었을 때 아들 이름으로 은행에서 신용대출로 이천만 원을 빌렸어요. 그것을 아내가 알고 말했지요. 아들에게 재산을 물려주지 못할망정 빚을 물려주어서 되겠냐고. 서울풀무질을 계속하든지 자기와 이혼을 하든지 선택하라고 했어요. 저는 아내를 선택했어요. 제가 서울에서 책방을 26년 동안 했어요. 사람들이 물어요. 책방을 그렇게 오래 하면서 느낀 것이 무엇이냐고. 저는 말하지요. 26년 동안 책방을 하면서 남은 것은 은행 빚이요, 얻은 것은 아내와 아들이라고. 이제 아내마저 저를 버리겠다고 하니 많이 슬펐어요. 저는 아내를 선택했어요. 아내가 허락해서, 어머니가 도와주어 산 아파트를 팔고 서울 책방 빚을 모두 갚았어요. 책방 빚을 갚고 난 돈으론 나와 아내, 아들이 더 이상 도시에서 살 수 없었어요. 아니, 도시에서 살고 싶지 않았어요. 우리 식구들은 밤마다 이야기를 나눴어요. 도시를 떠나서 어디로 갈지. 그곳에 가선 어떤 일을 하며 살지. 우리는 때론 눈물을 흘리고 때론 무기력에 빠지곤 했지요. 하나하나 풀었어요. 먼저 어디로 갈지 정했지요. 저는 지리산 가까이 가고 싶었어요. 산을 좋아하기도 했지만 조금은 숨어서 살고 싶었거든요. 아내와 아들은 반대했지요. 둘 다 제주도로 가자고 했어요. 저는 싫었어요. 제주도는 비행기를 타야 하잖아요. 제 어머니가 서울에서 사세요. 지방에 내려가면 기차나 버스를 타고 언제든지 쉽게 서울에 올 수 있지 싶었어요. 또 비행기는 한 번 뜨고 내릴 때마다 자동차 삼천 대만큼 배기가스가 나온다 해요. 자연을 더럽히면서까지 제주도로 가야 하나 싶었지요. 하지만 제 뜻은 반영되지 않았어요. 서울풀무질을 하다가 집을 팔아서 책방 빚을 갚았으니 말이에요. 다음은 제주도에 가서 무엇을 해서 먹고살아야 하나 이야기를 나눴어요. 아들은 조금 울먹이면서 말했지요. 아버지가 평생 동안 책방을 했으니 책방을 해야 하지 않겠냐고. 아내도 처음에는 또 책방이야 하면서 시큰둥해하더니 제주도에선 책방이 잘될 수도 있다 했어요. 일단 제주도는 큰 책방이 없다, 그런데 제주도 사람들이 전자책방을 쓰면 택배비를 내야 할 거라는 생각이었죠. 하지만 제주도에 와 보니 여전히 전자책방 택배비는 무료였어요. 아무튼 이렇게 제주도에 와서 책방을 하게 되었네요."

그럼 또 이런 것을 묻는다. "제주도에 와서 제일 행복한 일은 무엇인가요?" 나는 이렇게 답을 한다. "제주도에 와서 제일 행복한 것을 하나만 꼽으라면 지금 같이 살고 있는 강아지 '광복이'를 만난 거예요. 제가 책방을 구좌읍 세화리에서 하고 있지만 제주도에 처음 내려와서는 조천읍 선흘2리에 살았어요. 우리 집 마당에 잔디밭이 있었어요. 광복이가 2019년 8월 15일에 우리 집에 들어왔어요. 우리 집에 올 때 광복이는 많이 아팠어요. 목에 철사 두 겹으로 목줄을 했어요. 온몸에 진드기 수천 마리가 있었지요. 심장사상충도 걸렸어요. 모기가 심장에 들어와 유충을 까서 생긴 병이래요. 사람으로 치면 암 같은 것이에요. 또 아기도 낳았다고 병원 의사가 말했어요. 광복이를 만났을 때 두 살 추정이었지요. 강아지는 한 살만 되면 아기를 낳아요. 그 아기는 어디 갔는지 몰라요. 광복이 아픈 것은 고치는 데 백오십만 원쯤 들어갔어요. 하나도 아깝지 않아요. 아내는 이런 말을 해요. '종복이는 버려도 광복이는 절대 안 버린다.' 제 이름이 종복이잖아요. 광복이는 책방을 좋아해서 제가 아침에 책방을 열 때 먼저 책방으로 들어와요. 책방에 손님이 오면 가만히 있어요. 짖지도 않고 살짝 다가가서 냄새만 맡아요. 책방에 강아지를 무서워하는 손님이 오기도 하는데, 우리 광복이와 5분만 같이 있어보면 저 아이가 왜 이리 얌전할까 하며 다가가서 말을 걸어요."

지금도 이 글을 쓰는 내 옆에 광복이가 누워서 나를 보고 있다. 참 행복하다. 제주도에 와서 온전히 생명 하나와 마음을 나누니까.

은종복

서울 명륜동 책방 풀무질에서 26년 동안 책방 일을 했다. 제주풀무질에서는 3년 차 일꾼이다.

달책빵

—

옛 돌집에서 풍기는 달콤하고 고소한 향기,
책과 빵을 좋아하는 모든 사람에게 열린 공간

동네책방을 운영한다는 것. 어쩌면 내가 기대한 것보다 더 중요하고 대단한 일을 시작해버린 것 같은 생각이 든다. 내 손으로 꾸민 작은 책방이지만 나만의 공간이 아닌 타인과 공존하는 곳이며, 지친 마음들이 위로받고 연결되는 곳. 이것이 동네책방의 힘이다.

처음 만나는
이상하고 따뜻한 세계

책방 주인이 되고 싶다는 로망 같은 건 없었다. 실은 제주도에 살고 싶다는 생각도 해본 적이 없다. 그런 내가 제주도에 살며 책방을 운영하고 있다. 지난해 남편이 카페를 운영할 장소를 찾던 중 우연히 구좌읍 평대리에 있는 돌담집을 하나 발견했다. 낮은 돌담과 안거리(안채), 밖거리(바깥채)가 있고 바다가 보이는 고즈넉한 제주 돌담집이었다.

"여기 어때? 카페로 꾸미면 괜찮을 것 같지?"

남편이 내게 물었다.

"마음에 쏙 들긴 하는데, 카페로만 사용하기에는 공간이 너무 넓지 않아?"

"그래서 말인데, 안거리는 카페 공간으로 사용하고, 밖거리에서는 당신이 책방을 해보면 어때?"

남편의 갑작스러운 제안에 내가 한 대답은, "에이, 말도 안 돼. 내가 책방을 어떻게 해. 책방 하면 돈 못 벌어."였다. 지금 생각해도 참 멋없는 대답이었다.

책을 좋아해서 서울에서도, 제주에 온 후에도 동네책방을 종종 방문하고, 북토크나 독서모임에도 참석하는 열렬한 독자였지만 직접 책방을 해보고 싶다는 구체적인 생각을 감히 해본 적은 없었다. 나는 번역가로 일하고 있었고, 제주도에서 프리랜서로 사는 삶에 만족하고 있었다. 그런데 남편의 제안을 듣고 난 후 돌담집을 찬찬히 거닐며 '이곳에 내가 좋아하는 책들로 가득 채운 서가를 꾸민다면 어떨까?'라고 상상하기 시작한 순간부터 가슴이 벅차올랐다. 며칠 후 남편에게 그 집을 계약하자고, 책방을 운영해보겠다고 말했다.

책방 운영에 관해서는 아는 것이 하나도 없었기에 독서모임 회원으로 참여했던 제주 송당의 책방 사장님을 무작정 찾아갔다. 책방을 준비하고 있다는 말을 꺼내자 진심으로 반가워하며, 세상 비장한 표정으로 "이 세계에 발을 들이셨군요."라고 말씀하셨다. 마치 '무림의 세계에 온 것을 환영해, 꼭 살아남길 바란다'라고 말하듯이. 수첩과 펜을 들고 앉아 책방 사장님이 알려주는 총판, 독립출판물 입고, 작가 초청, 서점 지원 사업 등에 관한 이야기를 열심히 적고 들었다. 그 이후에도 궁금한 점이 있어서 연락하면 늘 아낌없이 모두 알려주셨다.

2020년 1월에 돌담집을 계약하고, 대대적인 리모델링 공사를 시작했다. 낡은 돌담집을 고치는 일은 우리의 예상보다 까다로운 일이었다. 공사를 총괄했던 현장 소장님은 새로 건물을 짓는 것보다 이렇게 오래된 집을 고치는 일이 훨씬 더 어렵다고 했다. 3개월이면 끝난다고 했던 공사는 5개월이 꼬박 걸렸지만, 점차 우리만의 공간이 완성되어갔다.

책방 공사 기간 중, 송당의 책방에서 열린 이병률 작가의 북토크에 독자로 참여했다. 그때 마지막에 작가님의 책에 사인을 받으면서, "작가님, 저 제주에서 책방 하려고 준비하고 있어요."라고 수줍게 말했다. 작가님은 멋진 책방 꾸리라는 말과 함께 애정을 담아 강한 응원의 눈빛을 보내주셨다. 얼마 전 우리 책방에 이병률 작가님을 모셨을 때 그때 나와 만났던 것을 기억한다며 책방을 시작한다고 해서 약간 뭉클했다고 말씀해주셨다.

2020년 6월 6일 현충일에 책방을 오픈했다. 그렇다, 코로나가 전 세계로 퍼진 최악의 시기에 겁도 없이 책방을 시작한 것이다. 막상 책방을 열자 두려움이 밀려왔다. 물론 각오는 했지만, 현실은 정말 녹록지 않았다. 수개월에 걸쳐 예쁜 공간을 만들어놓았지만 찾아오는 손님은 적고 수익이 좀처럼 나지 않았다. 그럼에도 불구하고 매일 책방 문을 열었다. 막막했지만 그것 말고는 할 수 있는 일이 없었다.

책방을 연 지 얼마 되지 않았을 때, 쉬는 날 답답한 마음을 안고 차로 5분 거리에 있는 세화의 이웃 책방에 놀러 갔다. 큐레이션된 책들을 구경하고 책을 몇 권 집어 들어 계산할 때 다정한 여자 사장님이 "제주에 여행 오셨어요? 제주도 책방 지도 하나 드릴게요. 제주도에는 책방이 많아요." 하며 자세히 친절하게 설명을 해주셨다. "저 여행객은 아니고요, 제주에 사는데 실은 저도 근처에서 작은 책방을 하고 있어요."라고 말했다. 그러자 갑자기 뒤편에 있던 남자 사장님이 헐레벌떡 뛰어나오면서 "책방을 하신다고요? 책방 이름이 뭐예요?" 하고 두 팔 벌려 열렬히 반가워해주셨다. 인상 좋은 사장님 부부는 내가 먼저 묻지 않았는데도 서가에 있는 책들을 꺼내 보여주며 추천해주고, 출판사로부터 책 공급률을 낮게 받는 방법과 책방지기 연대모임도 소개해주셨다.

모처럼 기분이 좋아져 인사를 하고 책방을 나오는데, 그날 나와 함께 있던 친구가 말했다. "새로 책방을 열었다고 하니까 엄청나게 반가워하시네? 너무 신기하다. 바로 근처인데 라이벌일 수도 있잖아." 그 친구는 제주에서 카페를 운영하고 있었는데, 만약 근처에 새 카페가 문을 열면 서로 견제하며 경쟁자로 생각할 뿐

달책빵 바깥으로는
제주의 소담한 돌담 풍경이 그대로 보인다.

이지, 이런 반응은 상상도 할 수 없다고 말했다. 새삼 책방은 보통의 가게들과는 다른 존재구나, 생각이 들어 기분이 참 묘했다. 처음 만나는 이상하고 다정한 세계였다.

나는 책방의 여러 업무 중 작가들과 주고받는 메일 읽는 시간을 가장 좋아한다. 나는 이런 업무 메일을 매일 받는다.

> 달책빵 책방지기님 안녕하세요. 제 작은 책이 달책빵에서 이렇게 많은 사랑을 받게 되다니 정말 행복한 소식입니다. 모든 건 책방지기님 덕분이에요. 투둑투둑, 살며시 비가 내리는 월요일 아침이에요. 이 비가 쌓인 먼지를 깨끗이 씻어주어 깨끗하고 맑은 나날들이 되기를 바라보아요. 오늘도 충분히 행복하세요.

이전 직장에서 일하며 주고받던 메일에는 문제가 생겼으니 해결해달라는 연락, 독촉하는 연락 등 온통 날이 잔뜩 선 전투적인 말들뿐이었는데, 이런 업무 메일을 받는다니. 진심으로 행복감을 느끼며 책방 하길 잘했다고 생각한다.

얼마 전 서귀포의 노란우산 책방에 화재가 발생했다. 나는 서점 대표님을 한 번 뵌 적이 있고, 한두 번 통화나 안부 문자를 주고받은 적이 있다. 다정하고 멋진 분이다. 누전으로 인해 불이 나서 모든 책과 집기가 하루아침에 다 타버렸다는 소식에 너무도 놀랐다. 그런데 더 놀라운 일이 생겼다. 세화의 책방 사장님이 전국 책방 백여 곳이 있는 톡방에 노란우산 책방의 화재 소식을 알렸고 전국적으로 모금이 시작되었다. 온종일 노란우산을 향한 응원의 메시지가 전국에서 전해졌고, 모금을 시작한 지 약 30시간 만에 예상 피해액 오천만 원 이상이 모였다. 책방뿐만 아니라 여러 출판사와 작가들, 동네책방을 아끼는 독자들이 마음을 모아 만든 기적 같은 일이었다. 그들 중에는 노란우산 책방을 한 번도 방문하지 않은 사람들도 많은데 어떻게 동네책방을 응원하는 순수한 마음으로 선뜻 동참할 수 있었을까? 그 과정을 보며 한동안 마음이 뭉클했고 감동이 밀려왔다.

오늘 아침 톡방에 메시지가 올라왔다. "○○책방 오늘이 3주년이네요. 축하드려요! 앞으로도 꼭 살아남길요." 왜 그들은 서로의 존재를 그토록 진심으로 응원하는 걸까? 내가 만난 이들은 서로의 기쁜 일을 진심으로 함께 축하해주고, 어려움은 나누는 공동체였다.

동네책방을 운영한다는 것. 어쩌면 내가 기대한 것보다 더 중요하고 대단한 일을 시작해버린 것 같은 생각이 든다. 내 손으로 꾸민 작은 책방이지만 나만의 공간이 아닌 타인과 공존하는 곳이며, 지친 마음들이 위로받고 연결되는 곳. 이것이 동네책방의 힘이라고 조심스레 추측해본다. 정말 이상하고 따뜻하고 감동적이라는 말로밖에 설명할 수 없는 세계에 발을 들였다.

박주현

전문 통·번역가로 일하며 부산국제영화제, 평창올림픽, 내한가수 공연 통역 등을 했다. 지금은 법률 번역 일을 하며 책방을 운영한다. 오롯이 책방지기로만 살 날이 하루빨리 오길 꿈꾼다.

책
자
국

—

좋은 책의 진심이 사람에게 가닿도록,
느리지만 선명하게 자국을 남기는 곳

어쩌면 사람들은 책을 읽기 싫어서가 아니라 '책의 진심'을 몰라서
책을 가까이할 수 없는 게 아닐까 하는 생각이 들어요. 그렇다면
책방지기가 할 일은 책의 진심이 잘 드러나도록 매만지는 일이겠지요.

책
자
국

종달리 작은 책방,
책자국

누구든 책을 읽다가 마음에 옮겨 적고 싶은 문장들을 만나는 날이 있죠. 어떤 책은 인생의 지침이 되기도 하고 삶의 방향 자체를 바꾸게 하기도 하고요. 그런 면에서 책은 여행과도 닮아 있어요. 독서도, 여행도 마음에 자국을 남기는 일이니까요.

-달팽이 주인장

달팽이 주인장 이야기

'책자국' 주인장의 별명은 달팽이입니다. 이 별명은 주인장의 아내가 붙여주었는데, 100퍼센트 사실에 기반하였으나 다소간의 불만과 비난이 함축된 것이기도 합니다. 그에게는 웬만해선 '지금 당장'이 없는 것처럼 보이거든요. 오늘 할 일은 내일로 미루고 내일 할 일은 미룰 수 있을 때까지 미루는 느긋한 성격이라 뭐든 마음먹은 일은 그 자리에서 빨리빨리 해치워야 하는 아내에게는 곱게 보일 리가 없습니다.

그런 달팽이가 유일하게 재빨리 움직이는 때는 오직 책을 주문할 때뿐이었습니다. '책'이라는 물성 자체를 워낙 좋아하는 그는 제주로 이사할 당시 이삿짐 아저씨로부터 "저… 이제 공부 그만 하셔도 되겠는데요."라는 말을 들을 정도로 오래전부터 이미 많은 책을 사들였습니다. 너무 갖고 싶으나 공간의 제약과 금전적 압박으로 인해 못 산, 그러나 언젠가는 아내 몰래 살 것이 분명한 구입 희망 도서 리스트를 빼곡하게 적어 휴대폰 메모장에 저장해 두기도 했지요. 그런데 어쩐 일인지 주문한 책을 받아 챙기면 다시 달팽이 본연의 속도로 돌아가곤 했습니다. 다 읽지도 못할 만큼 책을 사서 쟁여두는 이유를 아내가 따져 물으면, 좋은 책은 잘 팔리지 않아 절판되는 경우가 많으니 일단 사뒀다가 나중에(!) 천천히(!) 다 읽을 예정이라는(믿을 수 없는) 대답을 하곤 했다지요.

(하는 수 없이) 달팽이가 사들인 책을 읽는 담당은 아내가 되고 말았는데, 아내로선 별 관심이 가지 않는 분야의 책도 많은 데다가 결정적으로 아내의 책 읽는 속도가 달팽이의 책 주문하는 속도를 따라잡지 못해 결국 책장 한번 넘겨보지 못한 책들로 집 안에 탑을 쌓게 되었고, 이럴 바에 책 좋아하는 다른 사람들과 같이

나눠 읽자는 데 생각이 미쳐 북카페 책자국을 시작하게 되었다는 사연입니다. 또한 어차피 책은 계속해서 사들일 것이고 다년간 축적된 시행착오를 통해 나름 책 고르는 안목도 생겼으니, 기왕이면 좋은 책과 손님들의 연결고리 역할을 해보자는 마음으로 책방까지 꾸리게 되었고요.

책방을 시작하고 나서 달팽이 주인장은 소위 '팔리는 책'과 '팔고 싶은 책' 사이에서 종종 갈등을 겪지만 '안 팔리면 내가 읽겠다'며 사고 싶은 책을 마음껏 사는 호사를 누리고 있습니다. 대신 손님들께 책을 소개해야 하는 입장이 되다 보니 전과 달리 책을 읽는 속도가 빨라야 한다는, 미처 생각지 못했던 큰 산을 만나 나름 열심히 기어서 올라가는 중입니다.

책으로 가득한 공간에서 한나절 여유롭게 책장을 들추고, 마음에 드는 좋은 책을 발견해 집으로 품어 가고, 그렇게 마음속에 책자국 찍는 날들이 많아지길 바라는 마음으로 오늘도 책방 문을 열고 손님을 기다립니다.

상실점장 이야기

책자국을 시작하면서 테이블마다 작은 노트 한 권씩을 올렸습니다. 책을 읽다가 마음에 들어오는 글귀가 있으면 옮겨 적어주십사 하는 의도로 놓아둔 노트인데, 언젠가부터 예쁜 그림이, 일상을 벗어난 설렘과 애틋한 그리움이, 누구에게도 털어놓지 못한 고민과 새로운 다짐들이 남기 시작했습니다. 하루를, 한 주를 마감할 때마다 아름답고 애달프고 서럽고 행복한 그 마음들을 쓰다듬으며 주인장 내외 역시 얼마나 위안을 얻는지 모른답니다.

감사한 마음을 어떻게 돌려드릴까 궁리하다가 방송작가 출신인 달팽이 주인장 아내가 일주일에 하나씩 사연을 골라 편지를 띄워보기로 했습니다. 다녀가신 손님들 중 어떤 분이 남기고 간 마음인지 알 수 없고, 또 그 글을 쓴 분이 편지를 받을 수 있을지 없을지도 모르지만, 그분이 남긴 글에 공감하고 위로받을 또 다른 분들을 수신인 삼아 편지를 쓰기로 한 거죠. SNS를 통해 구독신청을 받아 1년간 매주 목요일 밤 9시마다 '책자국 편지'를 띄웠습니다. 책자국에 오신 분들이 노트에 글을 남기고, 책자국이 그 글에 답장을 보내고, 그 편지를 받은 분들이 또 답장을 주고…. 그렇게 이어지고 섞이는 우리의 이야기가 긴 잠수 끝에 마시는 한 모금의 공기처럼 단조로운 일상에 별 모양의 숨구멍 하나 틔워줄 것을 기대하면서요.

첫 번째 편지는 사랑을 잃고 한없이 후회하는 글을 남겼던 분께 보냈습니다. 이렇게 시작했지요.

언젠가 후배의 집에 놀러 갔다가 나오는 길이었어요. 후배가 살던 마포의 오래된 아파트는 언덕배기에 있었는데 내리막길에 붙은 상점들을 건성으로 훑다가 어느 간판을 보고 멈춰 섰습니다.

"어머, 저 집 좀 봐. '샘물의 상실'이래, 어떡해…ㅠㅠ 뭐 하는 가게지?"

"뭐라고??? 언니! 저거 '샘물 의상실'이잖아. 웬 샘물의 상실???"

어이를 상실해서 길 한복판에서 한참을 구를 듯이 웃었고, 이후 후배의 핸드폰에 저는 이름 대신 '상실이 언니'로 저장되었다지요.

상실의 상처가 너무 깊어 아파하는 분께 실없는 웃음이라도 드리고 싶어 쓴 에피소드였는데 편지를 받은 분들의 답장이 쇄도했어요, "안녕하세요, 상실점장님!"으로 시작하는. 그렇게 달팽이 주인장의 아내는 상실점장이라는 별명을 갖게 되었습니다. 50여 통의 편지를 통해 손님들과 주고받은 마음, 그 도타운 '연결'의 정서는 책방을 꾸려가는 데 있어 든든한 힘이 되었고요. 편지를 구독한 분들의 과분한 칭찬과 격려, 아쉬움 속에서 책자국 편지는 끝을 맺었지만, 상실점장이 편지로 하던 일을 이제는 서로를 모르는 손님들끼리 책자국 노트를 통해 하고 있습니다. 누군가

책자국 입구의 창가는 매월 다른 주제로 큐레이션한 책들이 진열된다.
주인장 추천 책에는 직접 적은 추천 메모가 들어 있다.

털어놓은 번민과 슬픔에 공감하며 눈물짓기도 하고 가슴 따뜻한 위로와 조언을 건네기도 하면서요. 친구가 써놓고 간 글을 찾아야 한다며 수십 권의 노트를 뒤지는 손님이 있는가 하면, 언젠가 이곳에 다시 찾아와 과거에 남긴 글을 보며 한 뼘 성장한 자신을 확인하고 싶다는 손님이 노트 바깥에 작은 표식을 남겨두기도 합니다.

이렇게 책자국을 책 자국으로 만들어가는 것은 손님들이라는 사실을 날마다 확인하며 오늘도 책방을 열고 손님을 기다립니다.

> 누군지 모르는 사람에게 고민을 토로하기도 하고, 가슴이 따뜻해지는 위로를 받기도 하고, 괜찮아질 거라는 말과 마음이 편안해지는 포옹도 받았습니다. 때로는 낯선 이의 위로가 아주 큰 일렁임을 주기도 하더라고요.
>
> - 2021년 9월 10일 금요일, 책자국 노트에서

매일 놀라는 이야기

솔직히 큰 기대를 하지는 않았습니다. 책이 많이 팔리는 시대도 아니거니와 제주 섬에 작은 책방들이 여기저기 생겨나는 것도 이제는 관광 명소가 된 어느 책방의 성공에 힘입은, 지나가는 유

행이겠거니 생각했으니까요. '우리가 좋아하는 것들을 함께 나누자'는 소박한 마음으로 시작할 수 있었던 것도 기대치가 낮은 덕분(?)이었습니다. 책자국은 마을에서 한참 바깥쪽으로 떨어져 있어 도시의 여느 동네책방들처럼 주민들이 수시로 들락거릴 수 있는 위치도 아닌 데다가 제주 특성상 방문 손님 중 여행객 비중이 높으니 책 판매에 한계가 있을 거라 짐작했지요.

그런데 참 놀랍게도 매달 꾸준히 책 판매가 늘어나고, 여행과 휴가의 한 자락을 기꺼이 떼어내 책 읽으며 몇 시간씩 머물다 가는 분들을 많이 만나고 있습니다. 책자국을 오픈한 지 2년 하고도 몇 개월. 제주 여행 때마다 들러 책 한두 권씩 꼭 구입해 가는 손님들이 늘었고 주인장의 추천 코멘트를 읽고 사 간 책이 참 좋았다며 또다시 방문하는 분들도 제법 생겨났습니다. "좋은 책이 너무 많아요!" 하며 큐레이션에 대한 칭찬을 퍼붓거나, 커피 한 잔 테이크아웃하러 들어왔다가 "여기 책도 파네요?" 하며 책을 고르면 그보다 더 좋을 수 없고요. 더더욱 우리를 놀라게 하는 것은 손님들의 귀신스러움(?)입니다. 아무리 유명한 책, 다른 책방에선 없어선 못 팔 만큼 잘 나간다는 책이어도, 심지어 눈에 가장 잘 띄는 자리에 올려놓아도, 우리가 애정을 갖지 않는 책은 여간해선 손님들의 선택을 받지 못하거든요. '손님들이 귀신이네'라는 말이 절로 나오지요. 그렇게 매일이 놀라움의 연속입니다.

어쩌면 사람들은 책을 읽기 싫어서가 아니라 '책의 진심'을 몰라서 책을 가까이할 수 없는 게 아닐까 하는 생각이 들어요. 그렇다면 책방지기가 할 일은 책의 진심이 잘 드러나도록 매만지는 일이겠지요.

그래서 오늘도 책마다 가장 잘 어울리는 자리를 찾아 앉히고, 잘 알려지지는 않았지만 꼭 보아주셨으면 하는 책에는 별도의 코멘트를 적어 꽂아두고, 달팽이 주인장과 상실점장을 사로잡은 좋은 책들이 더 많은 분들에게 가닿았으면 하는 마음으로 책방 문을 열고 손님을 기다립니다.

고승의·송혜령

30년 차 책동무이자 20년 차 부부로 북카페 겸 서점 책자국을 운영하고 있다.

소심한책방

—

제주 동쪽 끝 마을 종달리에 자리한 동네책방.
언제든 다시 돌아오면 안심 되는 위로와도 같은 책방으로
남을 수 있기를.

동네책방을 한다는 것은 서로가 서로에게 필요한 사람으로 변신하여
도움을 주고받는 일. 그것이 어쩌면 미지의 세계에 존재하는 요정을
현실로 불러오는 가장 간단한 일 아닐까.

소심한책방,
두 번째 시작

'소심한책방'이 8년 동안 머물렀던 작은 세모 지붕 집을 떠나 이곳, 새로운 공간에 자리 잡은 지 석 달의 시간이 지나고 있다. 예전 자리에서 멀지 않은 곳으로 옮겨 온 덕분에 카운터 뒤편 창문으로 여전히 소심한책방 옛 자리가 눈에 들어오지만, 그 자리는 이제 세모 지붕 집이 아닌, 3층짜리 건물이 대신하고 있다. 가끔 창밖에 눈길이 머무를 때면 세모 지붕 집에서 보낸 8년의 시간을 되돌아보게 된다. 우리가 좋아했던 오래된 벽, 비가 오면 빗물이 새던 천장, 빗물이 떨어지는 자리 아래에 나란히 두었던 물병들, 여닫기 힘든 오래된 새시 문, 주인 할아버지가 손수 쌓아 올린 돌담. 이제는 볼 수 없는 것이 되었지만 그 자리에서 8년 넘게 차곡차곡 쌓아 올린 기억들은 생생하게 살아 숨을 쉰다. 그 기억들을 야무지게 챙겨, 새로운 자리에 풀어놓고 골고루 퍼져 나가게 하기까지는 제법 시간이 걸릴지 모르겠지만, 아쉬운 마음 한편에 선 늘 안도를 느낀다. 여전히 우리가 제주에서, 이곳 종달리에서, 작은 동네책방을 지속하고 있다는 것. 그 사실만큼은 변하지 않았다는 것이 우리에겐 대단한 위로이자 안도인 것이다. 소심한책방의 겉모습은 조금 변하였지만, 여전히 이곳은, 그리고 우리는 소심한책방인 것이다.

한 권의 책, 한 잔의 술

영업이 끝난 책방을 좋아한다. 물론 반가운 손님들이 사랑스러운 눈길로 책을 살피고 그것을 구매해 갈 때의 기쁨 역시 무엇과도 비교할 수 없는 즐거움이지만, 손님들이 빠져나간 후 하루 종일 돌아가던 음악을 멈추고 제주의 바람 소리, 풀벌레 소리만 남긴 채 깊은 고요에 빠져든 책방은 정말 아름답다. 책방 작업실 냉장고에는 언제나 약간의 술이 구비되어 있다. 손님들의 눈이 닿지 않는 곳에 자리 잡고 있는 냉장고 속에는 소주며 맥주며, 심지어 숙취해소에 좋은 음료까지 구비되어 있는데 마감 후 바로 집으로 돌아가고 싶지 않은 날, 여운이 많이 남는 어떤 날에는 책방에 홀로 남아 맥주 한 병을 꺼내 끝내지 못한 책을 펼쳐 든다. 책방 운영자는 책에 둘러싸인 생활을 하고 있지만, 아이러니하게도 책 한 권을 온전히 읽어낼 수 있는 시간과 장소가 부족하다. 보통 아침 10시부터 저녁 7시까지 이어지는 손님맞이는 알게 모르게 긴장 상태를 만들어내는데, 이 긴장은 8년이 지난 지금까지도 쉬이 가라앉지 않아서 마음먹고 펼친 책이 영업 중에는 영 집중이 되지 않아 읽었던 부분을 읽고, 또 읽는 일이 벌어진다. (만약에 마스터가 카운터 앞에서 책을 읽고 있다면 그것은 연기입니다) 그러니까 영업이 끝난 후, 아무도 없는 책방에서의 독서 시간이 비로소 책방 마스터가 온전히 책을 읽을 수 있는 유일한 시간인 셈이다. 좋아하는 책 옆에 좋아하는 술 한 잔. 가장 좋아하는 조합이다. 책을 읽을 때 마시는 술 한 잔은(한 잔으로 끝난 적은 없습니다만) 낯선 이를 만났을 때 생기는 긴장을 풀어주는 술 한 잔과 같은 효과가 있다. 영업 시간 내내 긴장했던 마음이 누그러들고, 다시금 마음먹고 펼쳐본 책과의 관계를 적당히 느슨하게 만들어주어 책으로부터 나를, 나로부터 책을 기꺼이 끌어당겨 마음을 열어 보여줄 수 있는 촉매제가 된다는 말씀! 게다가 이 즐거운 경험을 다른 곳도 아닌 책으로 둘러싸인 곳에서 할 수 있다는 것은 굉장한 즐거움이다. 사방이 온통 책뿐인 공간에서 가만가만 맥주를 마시며, 한 장 한 장 책장을 넘기는 즐거움은 해보지 못한 사람은 결코 알 수 없는 일. 그래서 마스터들은 가끔 책방을 찾아온 귀한 사람들에게 슬며시 술을 권하며, 밤의 책방으로 초대하곤 하는 것이다. 이렇게 근사한 일을 함께 나누고 싶은 마음 때문에. 책을 읽을 때 적당한 알코올을 곁들이는 일을 나 혼자 소유하는 것은 욕심이니까. 좋은 것은 나누어야 하니까!

새롭게 자리 잡은 소심한책방에서는 적당한 도수의 맥주와 단맛이 도는 와인을 곁들이기로 했다. 손님이 드문 날에는 냉장고에서 맥주 한 병을 꺼내 마당으로 나선다. 어제 마트에서 사다 둔 블루베리도 몇 알 챙겨서. 새로운 손님이 오시기 전까지 풀 위에 털썩 앉아 읽던 책을 마저 읽고, 맥주 한 모금을 마시기로 한다. 적당한 알코올은 노동에도, 책 읽기에도 도움이 되니까! (정말입니다. 마스터들이 아니라 여러분들을 위해 술을 구비했다니까요?!)

우리는 서로 얼굴은 모르지만

책방의 주된 업무 중 하나는 우리의 마음을 흔들어놓는 책을 찾아내는 일. 그리고 그 책을 소심한책방으로 데리고 오는 일이다. 책방을 열고 보니 하루에 쏟아지는 신간이 얼마나 많은지 비로소 실감할 수 있었는데 제주 동쪽 마을의 가난한 책방이다 보니 아무리 신간이 보란 듯이 쏟아진다 해도 빠듯한 살림에 맞춰 책을 구비하기 위해서는 선별에 선별이 필수다. 이제는 제주까지 책을 보내주는 유통 시스템이 꽤 편리하게 구축되었지만 고르고 또 고르다 보면 때로 거래하는 유통업체에서 다루지 않는 출판사의 책을 원하게 되기도 하고, 어떤 때는 한 출판사에서 내놓은 책의 대부분에 마음을 빼앗겨 유통업체를 통하지 않고 직접 연락을 하고 싶어지는 일이 생기기도 하는데, 이럴 때는 약간 떨리는 마음이 된다. 좋아하는 사람에게 고백을 하는 소녀가 되는 것 같다고 할까? 대부분의 연락은 메일을 통하기 때문에 이런 때는 컴퓨터 앞에 앉아 고민하는 시간이 길어진다. 어떻게 이야기를 시작하면 좋을까? 제주의 이 작은 책방에서 사랑하게 된 책이 있다는 것을 고백하고 알리는 일, 그리고 그 책을 이곳에 보내주기를 간청하는 메일을 쓰는 일은 내가 하는 업무 중 가장 긴 시간을 투자하는 일이다. 그리고 긴 시간을 투자하여 진한 고백을 전달하는 만큼 좋은 인연을 맺게 되는 감사한 일도 생긴다.

제주의 작은 책방이 육지의 출판사에 연락하는 것은 어떻게 보면 보통의 투박한 업무처럼 보일 수도 있다. 그러나 책방과 출판사 사이에 있는 책이라는 매개체는 단순한 업무를 특별한 즐거움과 설렘으로 바꾸어준다. 이 책을 좋아하게 된 이유를 설명하고, 이 책을 만들어주어서 감사하다는 마음을 담아 편지(메일)로 써서 보내면 내가 보낸 편지보다 몇 배는 더 따뜻하고 감사한 편지가 되돌아오는 것이다. 이렇게 시작된, 얼굴도 모르는 서로는 책을 핑계 삼아 안부를 묻고, 태풍 피해를 묻고, 계절을 물으며 안녕하기를 바라는 사이가 된다. 책을 통해 얻은 얼굴 모르는 인연이 참으로 많다. 제주의 작은 책방을 아무런 조건도 없이 믿음으로 책을 맡겨주는 분들. 근사한 책을 만든 것은 당신임에도 작은 책방 덕분이라고 덕을 돌리는 분들. 이렇게 고마운 분들에게 우리가 해드릴 수 있는 유일한 보답은 소심한책방만의 방식으로 아름다운 책을 소개해드리는 것. 그리고 마음 깊이 이 좋은 책들이 많은 사람들에게 사랑받을 수 있기를 바라는 것. 또 안부의 메일을 쓰며 서로를 조용히 보듬는 것. 그것뿐이지 않을까? 우리는 비록 서로의 얼굴은 모르지만, 서로 깊이 알고 있다고도 말하고 싶다. 오늘도 메일을 열어 한 글자 한 글자, 마음을 실어 보내본다.

"가을이 깊습니다. 무탈하신가요?"

불특정 다수를 만나는 일에 대하여

가게를 하는 모든 사람들의 숙명은, 불특정 다수의 손님을 예상 없이 만나야 하는 일일 것이다. 책이라는 아름다운 물성 덕분에 책방을 운영하며 지독하게 유별난 손님을 만나는 일이 많지는 않지만, 그래도, 그래도! 이곳은 불특정 다수를 만나는 공간이기 때문에 아주 피할 수는 없는 노릇이다. 8년 넘게 책방을 운영하며 낯선 손님들이 일으킬 수 있는 갑작스러운 사고에 대해 어지간히 단련은 되었지만 가끔 잊혀지지 않는 에피소드도 있어서 따로 적어두기도 하는데, 언젠가 젠 캠벨의 『그런 책은 없는데요…』를 읽

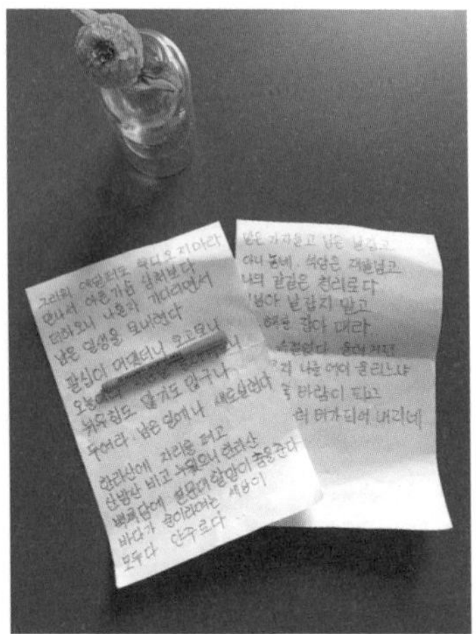

책방 스태프들의 마음에 닿은 책들을 손글씨로 소개하고,
동네 할아버지를 도와드린 뒤 판소리를 선물로 받는다.
책방에서 일하는 것은 즐거운 일이다.

| 소심한책방 |

고 정말 빵빵 터져서 소심한책방 버전의 '그런 책은 없는데요…'를 한번 만들어봐도 좋겠다는 생각을 했다. 이 지면을 빌려 최근에 재미있는 손님을 만난 몇 가지 에피소드를 적어보는 것도 좋지 않을까?

1.

(전화가 울린다)

직원: 네, 소심한책방입니다.

손님: 아… 저기, 여기서 어떻게 가면 되나요?

직원: 아… 거기가 어디실까요?

손님: 그러니까… 양쪽에 돌담이 있고, 식물이 있어요. 여기서 앞으로 가면 되나요?

직원: …?

2.

직원: 어서 오세요.

손님: 여기는… 서점인가요?

직원: 네 ^_^

손님: 밥은 안 팔아요?

직원: 아? 네. 밥은 팔지 않습니다.

손님: 왜 안 팔아요?

3.

직원: 어서 오세요.

손님: 화장실은 어디죠?

직원: 아. 밖으로 나가셔서 데크 따라가시면 오른쪽에 있습니다.

손님: 네, 감사합니다.

(손님, 책방으로 돌아오지 않음)

우리는 서로의 요정이 되어

"주인 있는가?"

동네 할아버지가 오랜만에 책방에 찾아오셨다. 늘 큰 목소리로 마스터를 찾는 할아버지는 목청이 좋으시다. 처음 소심한책방을 방문하셨을 때 '주인 있는가!' 하는 천둥 같은 목소리를 듣고 의자에서 뛰어오를 만큼 놀라, 아무래도 우리가 큰 사고를 친 것이 분명하다고 믿어버릴 정도였다. 새롭게 바뀐 책방을 휘익 둘러보시더니 손에 들린 종이 두 장을 건네주신다. 여러 번 접었다 펼쳤다 한 흔적이 가득한 꼬깃한 종이에는 손수 쓰신 글씨들이 가득하다. 오늘 할아버지가 마스터에게 내린 중요 임무!

"그 콤퓨타 그걸로 크-으게 몇 장 뽑아주시오."

할아버지는 제주 소리를 하는 무형문화재 전수자라고 하셨다. 그래서 가끔 책방을 찾아와 손수 적은 노랫말을 '크-으게' 뽑아 달라고 부탁하시곤 하는데 덕분에 평소에는 잘 접할 수 없었던 노랫말을 하나하나 소리 내어 읽으며 타이핑하는 즐거움을 느낄 수 있다. 게다가 알아볼 수 없는 글자를 확인하기 위해 질문드리면, 할아버지는 그 노래를 직접 불러주는 것으로 답해주시는 분이기 때문에 타이핑을 해드리는 대가로 단독 공연을 볼 수 있는 호사도 누린다.

오늘 가지고 오신 노랫말에는 유독 눈이 간다. 이것은 노랫말일까, 할아버지가 직접 쓰신 시일까?

바다가 술이라며는 세상이 모두 다 안주로다

큰 글자로 출력한 노랫말을 받아 만족스럽게 떠난 할아버지의 뒷모습을 보니 오늘의 임무는 제대로 완수한 모양이다.

동네책방을 하고 있는 덕분에 어쩌면 한 번도 마주치지 못했을 동네 할아버지를, 혹은 마주쳤더라도 할아버지의 관심사 따위 모르고 지나쳤을 일에 한 발짝 다가설 수 있게 되었다고 생각한다.

동네책방을 한다는 것은, 동네책방의 주인이 된다는 것만을 의미하는 것이 아닐지도 모르겠다. 서로가 서로에게 필요한 사람으로 변신하여 도움을 주고받는 일. 그것이 어쩌면 미지의 세계에 존재하는 요정을 현실로 불러오는 가장 간단한 일 아닐까. 오늘의 책방 주인은 타이핑의 요정이 되기도 하고, 오랜 시간 혼자 간직해온 시를 펼쳐 보일 기회를 만들어주는 인쇄의 요정이 되기도 한다. (실제로 동네 삼촌이 오랜 시간 써오고, 간직한 자작시를 책으로 만들어드린 일이 있답니다) 그리고 그 보답으로 소리를, 귤을, 조개를, 더러는 직접 구운 부침을 받으며 우리는 서로의 살아 있는 요정이 되는 것이다.

마스터 J

소심한책방의 침착과 브레이크를 맡고 있다. 엑셀을 맡고 있는 마스터 H와 함께 소심한책방을 운영하고 있다.

책약방

—

자신에게 귀 기울이는 시간이
약이 되는 책방

'책의 마음'에 대해 생각해보아요. 따뜻하고 다정하고 깊고 힘을 주는,
수없이 많은 문장과 문장 사이에 행간이 있는 그런 책의 마음.
그 책들이 있는 책방이 섬과 섬으로 떠 있던 우리가 다시
발걸음을 내디딜 수 있도록 손을 잡아줍니다.

‘책의 마음’이
약이 되는 곳

네 곁에 오래 머물고 싶어
안경을 두고 왔다
나직한 목소리로
늙은 시인의 사랑 얘기 들려주고 싶어
쥐 오줌 얼룩진 절판 시집을 두고 왔다
새로 산 우산도
밤색 스웨터도 두고 왔다
떠나야 한다는 걸 알면서도
그날을 몰라
거기
나를 두고 왔다

| 책약방 |

- 손세실리아 (「섬」 전문, 『꿈결에 시를 베다』)

며칠 전 책방에서 '시를 줍는 올레길'이란 이름의 시간을 가졌습니다. 손세실리아 시인과 독자들이 함께 책방에서 마을의 퐁낭까지, 낮은 집들이 나란나란 모여 있는 올레를 걸었어요. 그리고 마을을 지켜온 오랜 나무인 퐁낭 그늘 아래 동그랗게 마주 앉았습니다.

시의 마음을 아는 어린이 책방지기와 이장님, 그리고 제주가 고향인 사람들, 제주에 이주해 이 마을에 살고 있는 사람들, 엄마를 따라온 아이들까지, 어른들과 아이들이 함께 그저 이 자연과 이야기를 자신만의 태도와 마음으로 보내고 있는 시간이 놀라울 만큼 행복했어요.

「섬」이란 시는 제주 서쪽 끝 사계리에서 동쪽 끝 책약방까지 찾아온 독자님이 소리 내어 읽어주셨어요. 떠날 것을 알면서도 마음은 떠남보다 뒤늦어서, 한참을 그곳에 서성이며 '섬'처럼 머무릅니다.

'무얼 어디다 잃었는지 몰라 두 손이 주머니를 더듬어 나아간다'는 윤동주 시인의 시, 「길」처럼, 길을 더듬으며 미련과 아쉬움을 가득 남겨둔 채 조금씩 나아갑니다.

나를 두고 온 섬과 섬을 잇는 그 길 위에 '책방'이 있어요

처음 책방 문을 열고선, '아무것도 하지 않는' 책방이어야겠다 생각했어요. 어느 곳 하나쯤 아무도 없이 '가만히' 있을 수 있다면 어떨까란 마음이었습니다.

대신 문을 연 첫날, 그림 일기장과 원고지, 작은 공책을 책방의 탁자 위에 올려두었습니다. 사람 대신 책이 지킨다지만 아무도 없는 이곳에서 '혼자'라는 시간이 주어질 때 우리는 어떤 모습일까?

누군가는 그림을 그리기도 하고, 누군가는 다녀간다는 흔적을 남기기도 하지만 이 일기장을 가득 채우는 것은 듣고 있는 상대가 어떤 마음인지, 내 이야기에 귀 기울여주는지, 혹 내 이야기가 불편한 건 아닌지, 괜히 내가 창피하게 이런 이야길 꺼낸 것은 아닌지… 이런 염려들 없이 채우는 '나의 이야기'였습니다. 참으로 많은 비밀스러운 마음들이 책방 일기장에 쓰였고, 또 누군가는 그 마음에 화답하며 일기를 이어가기도 했어요.

책방을 하기 전에 종종 '일요일 기분'이라고 표현하는 것을 좋아했어요. 회사를 다니며 분주하게 일을 하고 있다 보니 일요일 오후의 한가함이 참 좋았던 것이지요.

책방을 하면서는 빗살무늬를 그리며 내려앉는 그림자와 그림자 틈, 햇살이 비스듬히 비칠 때, 그 평화로운 시간인 '일요일 기

분'이 온전히 '책방의 시간'이 되어주었어요.

가만히 책방에 앉아 있으면 주변의 작고 낮은 소리들까지 귀 기울이게 되어요. 책장을 넘기는 소리, 세상의 가장 낮은 소리에 귀를 기울이는 시간이 됩니다. 바로 낮고 깊숙한 마음에서 들리는 소리였어요.

> "제주를 헤매이며 바다와 바람을 여실히 느끼다 조용히 내려앉은 종달리, 골목골목 새소리, 바람 소리, 그리고 돌담의 소리를 따라 어느 책방으로 들어왔다. 책 한 권 한 권, 사람들이 남긴 방명록 한 장 한 장에 진심을 느끼며 빠져들 때 아이들의 웃음소리가 들려온다. 학교가 끝나는 시간 4시 30분. 조용하기만 한 마을에 활기가 차오른다."

> "머물고 간 사람들의 마음이 여전히 머무는 중인지 너무 따뜻한 곳. 비바람 치는 날 몸도 마음도 쉬어 간 곳, 책약방. 이름값 톡톡히 하는 장소. 내가 사랑하는 제주에 내가 사랑하는 친구. 조금의 여유를 다시 찾을 수 있게 해준 의외의 장소. 처음 발을 딛고 가졌던 감정을 오래오래 간직할 수 있기를. 이래저래 엉망인 내 모습도 사랑해줄 수 있기를. 아무튼 비가 오고, 계획대로 되지 않던 오늘이 그 어떤 날보다 끔찍하게

좋아졌다."

"여기 오니 어른들의 짙은 향 가득한 푸념. 어른이 되어가는 이들의 걱정 어린 마음. 그 모든 것을 잊게 하는 아이들의 해석 불가 그림이 가득하다. 제주에 왔으니 기억하자. 요란하게 빛을 뽐내지 않는 제주엔 별이 가득하다. 마음 평평한 제주엔 석양이 오래도 핀다. 작은 돌담이 다인 제주는 휘몰아치는 바람을 받아들이며 산다. 저 멀리 산간에는 눈이 녹지 않았음을 깨닫게 된다. 나열하는 내 글들은 힘이 없지만 그렇게 힘없이 물 따라 바람 따라 흘러갔으면 좋겠다. 특히나 날 아는 너에게로 이 마음이 흘러갔으면 좋겠다."

책방에 놓인 일기장에 일기가 쌓입니다.

이곳에 혼자 앉아 있으니 돌아가신 아버지의 자전거가 떠오른다는 마음, 엄마와 싸워 제주로 여행 왔는데 엄마가 분득 그리워진다는 마음, 죽고 싶어 제주에 왔는데 우연히 세 번이나 들르게 된 책방이 세 번째가 되어서야 좋아졌다며, 사는 일도 세 번 책방을 찾아온 시간만큼 보내다 보면 조금 더 좋아지지 않겠냐는 마음까지.

'섬'처럼 혼자 떠 있다고 외롭거나 아파하던 나는, 이곳에 누군

여기 오니, 어른들의 짙은 향 가득한 푸념,
어른이 되가고 있는 사람들의 걱정어린 마음,
그 모든 것들을 잊게 하는 아이들의 [illegible]
그림들이 가득하다.
제주에 왔으니 기억하자.
요란하게 빛을 뽐내지 않는 제주의 별이
가득하다. 또 마음 평평한 제주엔 석양이
오래도 핀다. 담벼락이라고는 돌로 쌓은 작은
돌담이 다인 제주는 휘몰아치는 모든 날씨를
받아들이며 산다. 저 멀리 산간으로 가다보면
순수한 곳에선 눈이 녹지 않았음을 다시금
깨닫게 된다. 나열되는 내 글들은 힘이 없지만
그렇게 힘없이 물따라 바람따라 흘러갔다면
좋겠다. 특히나 날 아는 너에게로
이 마음이 흘러가기를 바란다.

노란 불을 켜둔 책방의 밤과
책방 일기장에 적힌 누군가의 일기

가 써놓은 일기를 펼쳐보며, 나란히 곁에 있는 마음을 느낍니다. 길을 따라가다 우연히 머물게 된 책방에서요.

오롯이 혼자면서 자신에게 귀를 기울이는 시간, 혼자지만 참 많은 사람들의 마음을 함께 느끼는 곳. 그것이 바로 '약'이 되는 책방의 힘이었어요.

비가 그친 뒤 풀벌레 소리 가득한 책방의 어느 여름밤, 한 달 만에 다시 책방을 찾았다는 여행자에게 책방의 남은 시간을 맡기며 일어섭니다. 노란 불에 이끌려 들어온 또 다른 여행자는 그가 떠난 책방의 밤을 이어갑니다. 동네 아이들도, 이웃도, 교장선생님도 이장님도 모두 책방지기가 되어 책방에 '노란 불'을 켭니다.

주말에는 하루 종일 책방에 머물며 학교 운동장에 놀러 왔다 갔다 하는 아이들과 간식도 나누어 먹고, 함께 소리 내어 그림책도 읽고, 놀잇감을 가지고 놀다 보니 어느새 아이들이 스스로 책방도 정리하고 꾸미기 시작했어요. 그 아이들에게 '책방지기 1호, 2호, 3호…' 역할을 주니, 아이들이 "책약방 책방지기 ○○입니다."라고 자신을 소개하기 시작했어요.

책방 문앞에는 "좋은 추억은 쌓고 나쁜 추억은 익고 가세요." 라고 틀린 맞춤법으로 삐뚤삐뚤하게 쓰인 책약방 사용법이 붙어 있습니다. 지키는 사람이 없다고 이곳을 함부로 쓰지 않도록, 아이들이 안내문을 직접 써 붙인 것입니다. 우리 동네에 책약방이 있다고 알리는 포스터를 직접 그려 마을 곳곳에 붙이기도 했습니다. 아이들이 스스로 주인이 되는 책방일 수 있어서 참 기쁩니다.

책방지기는 조금 어려움이 있는 아이들에게 도움을 주고 있는 언어재활사입니다. 하루 종일 아이들을 만나는 일이 직업이다 보니, 매일 책방 문을 연다는 것이 어려웠습니다. 무인으로 꾸려보고 싶어도 용기가 나지 않았는데, 책방 앞 학교 교장선생님께서 만약 책이 없어지면 우리 아이들일 테니 당신이 변상해주시겠다고 문을 활짝 열 용기를 주셨어요.

덕분에 사람 대신 책이 지킨다는 이곳이 참으로 많은 '사람'이 '있는' 책방이 될 수 있었습니다. 이곳을 소중히 여기고, 함께 이곳을 지켜주는 이들 덕분인 걸 압니다. 그래서 책약방은 참 많은 이들이 주인인 책방이란 생각이 점점 더 듭니다.

> "이곳을 아끼는 한 사람입니다. 이곳에 머무는 시간 동안은 같은 생각이겠지요. 정리정돈 너무 고맙고 감사합니다. 기회가 된다면 뵐 수 있기를 기대합니다. 우리 모두의 소중한 책약방 같이 지켜주세요. -오늘 사촌처남을 멀리 여행 보내고."

책약방에 남겨놓은 전 이장님의 일기입니다.

'책의 마음'에 대해 생각해보아요. 따뜻하고 다정하고 깊고 힘을 주는, 수없이 많은 문장과 문장 사이에 행간이 있는 그런 책의 마음. 어떤 날은 넘쳐흐르기도, 어느 날은 꼭꼭 숨겨놓고 싶기도 하고, 또 어떤 날은 분주하고 바빠 허덕일지도 모르겠습니다. 그럴 때 책은 수없이 서성거리며 떠나지 못하는 마음을 안으며, 다시 길을 떠날 수 있는 용기를 줍니다. 그 책들이 있는 책방이 섬과 섬으로 떠 있던 우리가 다시 발걸음을 내디딜 수 있도록 손을 잡아줍니다. 사람과 사람 사이, 섬과 섬 사이, 책방과 책방 사이.

양유정

언어재활사로 일하며 책이 지키는 책방, 책약방을 꾸리고 있다. 따뜻한 오지랖이 주는 작은 변화의 힘을 믿는다.

달리책방

—

제주 서쪽 바닷가 마을 옹포리의 북카페를 겸한 동네책방.
'나는 내가 읽어야 할 한 권의 책'을 모토로 꾸준히 읽고 쓰며
세계를 확장하는 경험을 소중히 여깁니다.

동네책방의 개성과 독특함은 분위기와 큐레이션의 남다름에 있지요.
우리 책방만이 가진 고유함과 독특함을 아끼고 즐겨주시는 분들
덕분에 견디고 씩씩해집니다.

달리 BOOK CAFE

매일 비양도 노을을 새기는, 달리책방 이야기

야트막한 돌담이 구불구불 이어지는 동네 골목을 천천히 걷습니다. 돌담 높이와 별반 차이가 안 나는 낮은 지붕들이 잠잠한 아침. 기분도 발걸음도 같이 잠잠해집니다. 오래되었지만 예전 같지 않은 사물들, 조금씩 달라지고 헐어가는 풍경들, 마주 오는 동네 어른에게 가벼운 묵례를 건네며 스칩니다. 구부정한 뒷모습에서 꽃무늬 고운 거즈 손수건이 떠오르는 건 왜일까. 많이 늙으셨네, 생각하다 문득 압니다. 인생의 바퀴가 다시 여기로 돌아왔구나. 돌아온 나는 예전의 내가 아니구나 하는 선명한 자각. '변함없다'는 말의 허허로움을 손수건 다소곳이 접듯이 매만지며 변함없는 목록을 가만가만 헤아리며 걷습니다.

어릴 적 학교를 걸어 다니기 시작한 무렵부터 돌담을 이어보는 일은 꽤나 즐거웠습니다. 맘속으로 혼자 즐기던 놀이였지요. 왼편 돌담과 오른편 돌담 줄이 맞아떨어질 때 아, 예전에는 여기가 이어져 있었구나 알아채며 뭔가 특별한 것을 발견한 느낌에 우쭐하곤 했습니다. 일직선이 거의 드문 돌담 골목이 마치 검은 뱀이 천천히 거대한 몸통을 움찔, 움직이는 것 같다는 생각이 들 때는 불현듯 무서움이 느껴져 숨차게 달리기도 했네요. 넓은 잎새의 촘촘한 잎맥들처럼 골목은 작은 골목으로 좁고 길게 이어집니다. 호기심이 생겨 걸어 들어가면 막다른 집의 대문 앞이어서 되돌아 나오기도 했고 생각지 않은 다른 길로 이어진 통로인 걸 알 때는 또 새로운 발견이어서 신났습니다. 걸으며 동네의 윤곽을 알고 지도를 그렸고 그때에 집의 둘레를 두른 담은 집담, 밭의 둘레는 밭담, 무덤의 둘레는 산담이라고 부른다는 것과 돌담 고망(구멍)이 바람의 통로인 걸 알았습니다.

'올레'라고 부르는 동네 골목을 걷다 보면 탁 트인 바다, 그리고 수평선에 우뚝 자리 잡은 비양도를 마주합니다. 언제 보아도 반갑고 다정한 섬입니다. 바닷가 마을에서 태어나 비양도 앞바다를 보고 듣고 배우며 자랐습니다. 제 몸의 짠내는 이곳에서부터 비롯된 것이죠. 바다의 모든 순간이 경이로운데 특히 섬으로 노을이 내리는 순간은 고요한 충만함이 어떤 무늬와 색깔을 펼치는

지 확연히 볼 수 있습니다. 김영갑 사진작가가 오름 자락에서 마주한 '삽시간의 황홀'이라는 표현을 저절로 헤아리게 만듭니다. 저물어가고 끝나가는 하루와 다다른 인생의 자락과 삶의 이면이 지닌 고즈넉하고 쓸쓸한 아름다움을 매번 알아챕니다. 비양도에 가보고 싶고 비양도의 뒤쪽을 보고 싶어 했습니다. 거기에서 바라보는 여기는 어떤 풍경일지 궁금해하곤 했습니다. 비양도 쪽에서 날아오는 비행기를 타보고 싶었고 섬 너머 육지에, 낯선 도시와 이국에 가닿고 싶은 상상과 호기심이 가득한 유년의 장소. 근 30여 년 만에 다시 되돌아온 여기에서 책 공간을 열었습니다. 오랫동안 여행자로 살았고 이제 팔순의 엄마 옆에 한 몸이었던 배낭을 내려놓았습니다. 배낭 안에는 언제나 책이 있었습니다.

한림 읍내와 협재 해수욕장 관광지 사이에 위치한 작은 바닷가 동네 옹포리. 이차선 골목에 '달리북카페' 책 공간으로 시작해 '달리책방'으로 샵앤샵을 꾸렸습니다. 2016년 여름 초입 제주도에 동네책방이 드문드문 생겨나던 즈음이었네요. 신문기자로, 문화 공연 기획자로, 또 십여 년을 작은 도서관 운영자로 청춘을 건너온 50대의 언니와 내가, 평생의 의지처가 책 옆인 걸 알아서 벌인 일입니다. 좋아하는 것으로 밥벌이를 하는 일은 좋으면서도 괴롭습니다. 젊지도 늙지도 않아 스스로도 어정쩡한, 낯가림 심한 중년 여성 두 명이 처음 자영업자가 되고 장사를 배워갑니다. 낯선 이들에게 건네는 환대의 마음과 표정, 물 한 잔에 레몬 한 조각을 띄우는 정성, 서비스와 SNS 영업 영역을 배워가는 첫 이삼여 년 동안 참으로 매운 공부를 했습니다. 독서를 하지 않는 사람은 늘고 책이 팔리지 않는 시대, 종이책의 위기를 논하고 인터넷 주문으로 효율과 실속이 오죽한 때에 상권이라곤 없는 골목에서 오지 않는 손님을 기다리며 작금의 상황이 위기인지, 기회인지, 변화인지, 성장인지 서로를 거울삼아 수시로 묻고 답하고 가늠하는 날들이었습니다. 장사는 이삼 년은 버텨야 한다는 말을 심심찮게 들었는데 단맛보다 쓴맛이 강해서 나도 모르게 구겨지곤 했습니다. 단련되고 숙련되는 기간이기도 하고 깡다구와 맷집을 키우는 시간이기도 해서 그저 견딜 밖에는 도리 없었죠. 마음과 행동이 다르다는 말이나 보는 것과 해보는 것이 다르다는 말은 실행과 경험을 통해 익히고 배우고 깨달은 것만이 오롯하게 내 것이라는 말입니다. 맞는 말입니다.

펼쳐서 읽기 전까지 책은 그저 비싼 가격이 매겨진 사물의 하나일 뿐이죠. 읽을 때에야 빼꼼하게 열리는 세계가 있고 비로소 알게 되는 것이 있고 내 것이 되어가는 지성(知性)의 영역이 생겨납니다. 암중모색과 좌충우돌하는 매일의 실행과 경험이 알게 모

책방 곳곳에서 여행을 좋아하는 책방지기들의 취향 가득한 코너를 비롯한 추천도서들을 만날 수 있다. 추천도서는 책방지기들이 짬짬이 틈을 내어 읽은 책들 가운데서 고른다.

르게 언니와 나의 표정과 태도를 바꾸고 책을 의지 삼아 겨우 버티며 5년을 넘깁니다. 능숙하고 노련하진 못해도 그럭저럭 일희일비하지 말자고 다독이는 장사꾼이 다 되어갑니다. 김사인 시인의 시「선운사 풍천장어집」속 김씨처럼 말이죠.

책방의 일은 차분한 분위기와 쾌적한 공간을 유지하는 노동과 읽은 책을 추천하고 우리의 취향이 반영된 책을 큐레이션하는 꾸준한 노력이 뒤따릅니다. 바쁘고 분주한 가운데서 짬짬이 읽고 쓰고 권합니다. 가끔 책방지기의 안목이 마뜩잖고 미흡하고, 그래서 불편하게 느끼는 손님도 있습니다. 페미니즘 책방이라고 인정 없는 별점을 주고 맨스플레인 하거나 콧방귀를 날리고 가는 분들이죠. "책에 둘러싸여 일하니 행복하시겠어요." 부러워하는 말도 듣습니다. 중년의 성공한 덕후인 양 그냥 웃습니다. 달리 어쩌겠어요.

동네책방의 개성과 독특함은 분위기와 큐레이션의 남다름에 있지요. 공간이 가진 품위와 우아함 못지않게 노동하는 책방지기도 생긴 것과 달리 우아미 가득한 미스트를 매일 상큼하게 뿌립니다. 사는 일은 누구에게나 제 깜냥의 일이고 자기다움의 무늬와 문양을 직조하는 일이니까요. 우리 책방만이 가진 고유함과 독특함을 아끼고 즐겨주시는 분들 덕분에 견디고 씩씩해집니다.

책 옆자리 못지않게 팔순 엄마 옆자리로 돌아왔을 때에도, 작열하는 사막을 겨우 건너고 중년으로 삶의 구간이 확 바뀌는 느낌이었습니다. 아버지가 갑자기 돌아가시고 혼자 지내기 힘들어하는 엄마에게 비혼인 큰딸의 측은지심이 발동해서 한 결정이지만 30여 년 만에 한집에 살며 복닥거리는 생활은 모녀지간의 뒤엉킨 애증이 수시로 아픈 데를 할퀴고 핥기를 반복하는 징글맞은 시간이기도 했습니다.

책을 파는 자영업자도 엄마의 딸 노릇도 쉽진 않았지만 매운 공부가 그렇듯 조금씩 몽돌처럼 매끈해지는 과정을 포함합니다. 1942년생 부모의 세계가 무섭고 답답하고 고루해서 오래전 "난 엄마처럼 안 살아." 하며 뛰쳐나간 딸이었습니다. 이제는 "엄마처럼만 살면 좋겠네." 하는 마음이 되어 삶을 겪은 대로 이해하고 받아들입니다. 젊을 때에는 마흔 넘은 사람들을 고루하고 답답하고 피하고 싶은 꼰대들로만 여겼는데 시나브로 그 나이에 도착해 있습니다. 스스로에게 제대로 속은 기분이어서 그저 씁쓸합니다. 더 섬세하게 나의 태도와 시선을, 삶의 방향을 헤아려야 하는 난이도 높은 구간을 지나고 있다고 짐작합니다. "엄마처럼만 살면 좋겠네." 하는 마음은 죽음을 앞둔 노년의 엄마를 바라보고 사유하는 마음자리 탓이고 나 역시 나아가는 길이어서 그렇습니다.

엄마는 혼자 조용히 있는 시간을 좋아합니다. “팔십 년 어떵 살아져신고(어떻게 살았을까).” 자문하고 “죽으면 어디로 감신고(갈까).” 질문합니다. 아프고 쑤시는 몸이지만 살아 있는 동안은 움직여야 한다고, 앓는 소리를 내면서도 자연의 시계에 맞춰 성실합니다. 늘 “마음 크게 먹으라.”고 꽃무늬 손수건 건네주듯 말합니다. 진정 닮고 싶은 사유이고 태도이고 좋은 기운입니다.

‘어떻게 살 것인가?’ 하는 질문은 모든 나이 대에 걸쳐 있고 그래서 매번 첫 질문처럼 당도합니다. 그냥 살던 대로 사는 것이 아니라 나날이 허물어져가는 신체와 정신을 자각하며 거듭 새롭게 다른 상상을 해봅니다. 그리고 이런 사유와 성찰이 언제나 책방의 큐레이션과 소모임의 바탕을 이룹니다.

마음은 아직도 명랑해서 동네 골목에 튼튼하게 뿌리내리는 관록 있는 책방이 되기를 바라면서도 밥벌이가 서툴러서 종종 언제까지 이 일을 할 수 있을까 고민합니다.

나이 먹어가는 일은 빠릿빠릿하지 못하고 침침해지고 천천히 뒤처지고 도태되는 과정이라서 그렇습니다만 고민은 언제나 쓸데가 없습니다. 바다에서는 가라앉지 않으려고 부단히 헤엄칠 뿐입니다. 결혼을 선택하지 않은 50대 중년 여성 책방지기 두 명이 책 옆에서, 80대 여성 옆에서, 책을 좋아하는 이들 옆에서 사는 법과 늙는 법을 그리고 이 삶을 곱게 빗는 법을 느리지만 여전하게 배워가는 중입니다. 언제나 책이 알려주고 바다가 가르쳐주고 엄마가 응원해줍니다.

박진창아

여성, 페미니스트, 비혼, 중년으로 팔순 엄마와 또래 언니와 함께 달리책방을 운영 중이다. 시집 필사, 글쓰기, 드로잉, 생활체육, 독서모임, 시 창작 모임과 전시, 북토크 등을 꾸준히 진행하며 책으로 이어진 무심한 듯 다정한 친구, 이웃이 되는 동네의 문화공간을 지향하며 산다.

책방 토닥토닥

—

사람들을 위로하고
그들과 함께하는 책방

사람을 만날 수 없게 만드는 지금의 코로나19는
책방지기에게는 다른 어떤 문제보다 답을 찾기 힘들게 한다.
그렇지만 존재 자체만으로도 책방은 의미가 있다.
부디 이 글을 읽는 이들도 그 존재에 응원을 보내주기 바란다.

냉방중
난방중

위로하는 마음을 담은 작은 우주

"3평 정도 되는 공간인데, 서점 운영이 되시겠어요?"

전주 남부시장 청년몰 면접을 보던 날, 면접관이 걱정하며 물었다. "아휴, 물론이죠. 되다마다요. 입점만 할 수 있으면 잘할 수 있어요." 당시 토닥 1호기와 2호기는 다부진 표정으로 입을 모아 외쳤다. 장사라고 하면 도가 튼 곳이 전통시장이다. 그 시장에서 수년을 살아온 이들이 봤을 때도, 서점은 좋은 아이템이 아니었던 것 같다. 의심의 눈초리가 면접하는 과정에서 종종 느껴졌지만, 우리는 자신감 하나로 벽들을 허물었다. 그리고 '합격' 통지를 받았다.

"야호!!!" 장날의 왁자지껄한 모습처럼 서점 한번 해보자. 2017년 4월, '책방 토닥토닥'은 그렇게 시작됐다. "자, 이제 책을 한번 구비해볼까?" 우리는 정말 서점을 하고 싶은 마음뿐이었다. 공급률은 어떻게 되고, 도매와 거래는 어떻게 하는지…. 갑자기 막막해지기 시작했다. 3평의 작은 공간에 책을 채우는 것은 쉽지 않았다. 고작 3평이라고 생각했는데, 점점 우주처럼 끝을 알 수 없는 공간이 되었다. 도매와 거래하는 법부터 시작해 조금씩 서점 운영하는 법을 익힐 무렵, 우리는 약 서른 권의 책을 구비하게 되었다. 얼떨결에 소자본 창업을 하게 된 셈이다.

서른 권에서 시작한 우주를 채우다

서른 권 정도의 책이 전부였지만 그때는 세상을 다 가진 것처럼 행복했다. 한 권, 한 권을 매대에 놓고 나니 빈 공간들이 참 많이 보였다. 때로는 손님들이 "여기 책 전시장이에요?"라고 묻기도 했다. 어떤 분은 매대를 파는 곳이냐고 묻고 지나기도 했다. 그럴 때마다 자신감이 떨어졌다. "여기는 관광지잖아. 그러니까 여행책을 많이 놓고 팔아봐.", "아니야! 그래도 젊은 사람들한테는 문학이 먹혀.", "무슨 소리야! 에세이가 대세인데." 주변에서 보기에도 답답했던 모양이다. 이런저런 조언들이 오갔다. 그때마다 점점 우리도 흔들리기 시작했다.

결국 무엇으로 채울까? 그 질문을 처음부터 우리는 던지지 않았던 것이다. "서점 할 수 있겠어요?"라는 면접관의 첫 질문을 자신감으로 받아쳤지만, 어떻게 3평이라는 작은 공간을 알차게 채울 것인지를 면접관도 듣고 싶었을 것이다. 작지만 큰 우리만의 색이 담긴 공간 말이다.

위로의 책방, 책방 토닥토닥

"사람들을 위로하는 책방을 하고 싶어!" 토닥 1호기 김선경은 그렇게 말했다. 2호기도 숟가락을 얹었다. "사람들과 더불어 살아가는 책방을 하고 싶어!"

그래, 그게 시작이었다. 우리는 책방이 책과 함께 사람이 있는 작은 방이었으면 했다. 사람들을 토닥여주고 그들과 공존하는 책방. 누군가를 위로하기 위해서는 우리가 자신감을 가질 필요도 있었다. 3평? 작다고 꿀리지 말자. 책이 좀 적다고 움츠려 있지 말자. 그리고 자신 있게 말하자. "우리는 우주를 담은 책방이에요." 우주처럼 하나의 점에서 시작해 무한한 공간을 넘나들고 그 끝을 알 수 없듯이 우리도 작은 이 공간을 다양한 색과 가능성으로 만들어보자.

우리는 다양한 장르의 책들로 서가를 구성했다. 인문과 철학 도서들은 '책 익는 마을'이라 이름 붙여줬다. 독립출판 서가는 '고마워'라고 불렀다. 아무것도 모르고 시작한 책방에 작가들은 소중하게 만든 책들을 흔쾌히 허락해줬다. 아니! 되레 고마워하고 감동받았다. 그 모습에 우리는 더욱 신이 났다. 그리고 '곁에 있을게', '더불어', '응원해' 같은 페미니즘과 LGBT 책들의 서가를 꾸렸다. 곳곳에서 혐오로 공격받는 이들에게 전하고 싶은 메시지를 서가 이름으로 붙였다. 이후 서가는 점점 늘어갔다. 서가의 의미 하나하나가 별이 탄생하는 것처럼 작게 반짝였다. '바람 기억-여행', '우리-환경', '작지만 큰-책방', '도란도란-에세이' 등등.

3평의 책방에서 4년을 보냈다. 책을 채우고 남은 틈은 사람들과의 관계로 메워가며 보냈다. 혐오에 반대하며 '퀴어라디오'를 기획하여 성소수자 친구들과 즐거운 수다회를 만들기도 하고, '동물과 더불어 책방'이라는 기획으로 1인 동물권 출판사의 책을 집중해서 판매하며 출판사 대표의 강연을 열기도 했다. 책은 글쓴이의 언어로 구성되어 있지만, 그 언어를 구현하기 위해 노력한 출판·편집 노동자들의 정성도 함께 담겨 있다. 그 책들을 소중히 알리고 독자에게 안내하는 것은 책방지기의 몫. 그 작은 생태계를 조금씩 이해하며 책방은 조금씩 성장하고 있었다.

책방 토닥토닥 시즌 2, '성장과 존재'

2020년 가을, 책방 토닥토닥은 남부시장 청년몰에서 조금 더 넓은 공간으로 이전했다. 10년 전, 전국에서 처음으로 '청년몰'이라는 간판을 세운 공간이다. 대한민국 1호 청년몰의 1호 가게 자리로 옮기면서 약 14마리의 길고양이들과 함께 살게 됐다.

길고양이와 공존을 꿈꾸는 이전 가게 주인의 도움으로 그 공간을 쓸 수 있게 됐다. "이 공간은 토닥과 잘 어울릴 것 같아요."

10년이면 강산이 변한다. 청년몰도 10년의 시간 동안 많은 변화를 맞이했다. 전주 한옥마을과 함께 늘었던 관광객들의 방문도 코로나19 등으로 대폭 감소하며 빈 공간들이 많아지는 중이다. '적당히 벌어 아주 잘 살자'라는 모토와 함께 즐거운 청년 장사꾼들의 발랄함은 예전처럼 힘을 발휘하지 못하는 것도 사실이다. 그래서 묘한 책임감도 생긴다. 우리가 재미있게, 사람들과 더불어 살아가는 책방을 하는 것이 청년몰에 작은 힘이 되기를 바라며 지금의 책방으로 이사하게 되었다.

공간은 3평에서 12평으로 넓어졌다. 우주 빅뱅과도 같은 변화다. 많은 변화가 있었지만, 이 공간에 우리는 처음의 흔적을 남겨놨다. 처음 책방을 시작하면서 준비한 매대들은 12평으로 공간이 확장되었는데도 꼭 맞아떨어졌다. "그거 아세요? 3평에 있던 책하고 지금하고 큰 차이 없는 거…." 우리는 큰 변화라고 생각하지 않는다. 오히려 '성장'이라고 표현하고 싶다. 그래서 책방을 기존 하늘색에서 좀 더 짙은 남색으로 입혔다.

책방에 새로 들어온 책들의 자리를 찾아주는 일이 제일 신난다는 짝꿍과 함께
오래 책방을 하고 싶다. 모든 존재에게 힘이 되는 책방을.

3평의 책방에서 4년, 12평의 책방에서 1년. 그렇게 5년의 시간 동안 공간을 채우기에 여념이 없었다. 그 시간이 참 즐겁고 행복했다. 처음에는 책방을 하고 싶어 하는 분들이 찾아오면 얼굴로 "엄청 힘드오."라고 말하기도 했다. 하지만 지금은 다르다. "참 행복한 일이에요."라고 말한다. 힘든 시간들이 값질 수 있는 것이 책방 일이다. 그러기에 힘들어도 오래하고 싶다.

2021년 1월 4일 독일의 한 작은 마을 독립서점 주인장이 98세를 일기로 세상을 떠났다. 180년 역사의 독립서점. 그는 70여 년의 시간을 책방에서 보냈고 그 책방에서 눈을 감았다. 책방지기는 세상을 떠나기 일주일 전에 한 언론사와의 인터뷰에서 코로나19의 시대가 세계 대공황과 2차 세계대전 당시보다 더 힘들었다면서 "여전히 걸을 수 있고 볼 수 있다면 미래의 위기와 관계없이 매일 매장을 열 거예요."라고 말했다.

사람을 만날 수 없게 만드는 지금의 코로나19는 책방지기에게는 다른 어떤 문제보다 답을 찾기 힘들게 한다. 그렇지만 존재 사체만으로도 책방은 의미가 있다. 헬가 바이헤의 독립서점이 그 마을의 사랑방이 되었던 것처럼 이제 갓 5년을 넘긴 우리도 지역의 사람들과 50년을 관계 맺는다면 어떤 의미가 되지 않을까 상상한다.

그렇게 존재하고 싶다. 어려움이 찾아와도 잘 견디며 어떤 이가 우리 책방을 '생각과 가치를 파는 책방'이라고 표현했듯이 그렇게 좋은 생각을 품고 존재하고 싶다. 부디 이 글을 읽는 이들도 그 존재에 응원을 보내주기 바란다.

문주현

짝꿍 김선경(토닥 1호기)과 함께 전주 원도심에서 다양한 가치를 존중하며 책방을 운영 중이다.

북극서점

—

작은 미술관 북극홀과 함께 이상하고 재미있는 책과
전시를 즐길 수 있는 인천의 독립서점

연인이나 친구나 그런 분명한 이름이 아니더라도 어떤 서랍에도
들어가지 않는 '시간', 그리고 '존재' 그 자체로 남는 것이 있습니다.
언젠가 무의미한 인생이 아니었을까 의심하는 밤, 눈을 감으면 그곳이
몸에 꼭 들어맞는다고 느낄 수 있는 곳. 그곳은 반드시 있어요.

차가워지지 않게
읽는다는 것

그곳은 반드시 있어. 등불을 켜고 가자.

-슬로보트

책방 문을 연 첫날은 겨울이었습니다. 조그만 책상 앞에 앉아 누군가 오기를 기다렸습니다. 온종일 아무도 오지 않다가 저녁이 될 무렵 드디어 한 젊은 여성분께서 들어오셨어요. 얼마나 놀랐던지. 한참 책방을 둘러보다가 책을 한 권 가지고 오셨습니다. 타르코프스키 감독의 절판된 에세이집 『순교일기』. 이것이 저희 서점에서 처음으로 판매된 책입니다. 정가보다 비싼 가격으로 상당히 마니악하다고 생각해서 대체 누가 이것을 사 갈까, 싶었던 책입니다. 그런데 그 책이 가장 먼저 팔리다니, 장사란 도무지 종잡을 수가 없습니다.

부모님의 이혼 후 할머니 댁에서 조금은 외로운 유년을 보냈습니다. 초등학교 2학년, 강복희 선생님께서는 꼬질꼬질한 전학생을 응원하고자 '나팔꽃'이라는 제목의 일기를 칭찬해주셨는데, 그때부터 조금 우쭐한 마음으로 장래희망 칸에 '작가'라고 적기 시작했습니다. 하지만 '우선 가난은 벗어나자'라는 생각이 들어 고등학생이 되어서는 초등학교 교사로 확 변심을 해버렸지요. 교사로 13년을 근무하는 동안 어영부영 행복할 때도 있었지만 푹푹 가라앉는 날도 많았습니다. 사람이든 돈이든 뭐가 많아도 마음이 자주 고꾸라졌어요. 학교 밖의 삶은 어떨까, 열면 안 될 것 같은 문 뒤에서 무언가 저를 기쁘게 해주려고 움츠려 기다리고 있는 것만 같았습니다. 괴롭게 망설이고 있는 상태를 견디다가 딱 3년만 인생을 마구마구 써버리자,라는 생각으로 학교를 뛰쳐나와 음반도 만들고, 책도 만들고, 서점도 만들며… 아니, 벌써 5년이 지나버렸네요. 하핫.

책방을 여는 것이 꿈이었던 적은 딱히 없습니다. 다만 잘 노는 것에 대해서는 자주 궁리했습니다. 나의 자유와 사랑을 더욱 높이는 방향으로 움직이며 좋아할 수 있는 사람들을 마음껏 만나는 것. 그렇게 오늘의 충동에 따르다 보니, 보통 마을의 보통 거리,

독립출판물, 큐레이션 신간, 해외 아트북, 절판본, 빈티지 소품 등
이상하고 재미있는 것들을 만날 수 있다.

구석진 서점에 앉아 대체 그 손님은 왜 안드레이 타르코프스키의 『순교일기』 같은 되게 재미없는 책을 사셨을까, 갸웃거리는 사람이 되었습니다.

책방을 하는 것의 좋은 점은 쉽게 상상할 수 있으니 좀 다른 이야기를 해볼까요? 서점을 운영하다 보면 '에잇, 나는 왜 사람들이 안 좋아하는 것을 좋아해서 굳이 서점을 하는 거야? 빵도 좋아하는데 빵은 왜 그렇게 만들기가 어려운 거야?'라는 자조가 듭니다. 누구에게나 열려 있으면서도 항상 경계에 선 듯한 묘한 고립감이라든가, 작은 가게 주제에 무엇이든 가능해서 괜스레 그냥 팔기만 해서는 뭔가 덜한 듯한, 붕 뜬 개구리밥 같은 기분이 들 때가 있어요. 그래도 좋아하는 것을 끝닿은 데까지 좋아해볼 수 있는 경험을 끝닿게 우려먹으려고 우선 즐거운 마음을 유지하기 위해 노력합니다.

서점의 책장 앞을 지나갈 때면 비난받는 듯한 느낌이 들 때도 있습니다. 환경, 아동과 여성, 장애인과 노동자의 인권에 대해 다루는 으리으리한 책들 사이를 지나면 딱히 행동하지 않는 스스로의 삶이 부끄러워집니다. 올바르고 선한 것을 추구하며 살아야 마땅하지만 안타깝게도 저는 그러지 못할 때가 많습니다. 어떤 부분에서는 매우 느슨하고, 어떤 부분에서는 쓸데없이 완고한 평범한 사람입니다. 책을 많이 읽었으니 훌륭한 사람이 되어야 전국 부모님들께서 잔소리하실 때 당당할 텐데, 숭구리 당당 숭당당, 이런 이상한 옛날 농담이나 하는 가벼운 사람이 되고 말았습니다. 그렇지만 책에서 위로를 얻는 방법은 확실히 알아요. 나와 주파수가 맞는 책을 손으로 더듬더듬 찾아 휘둥그레 기쁘게 읽는 즐거움. 그것이라면 자신이 있습니다. 그리고 그것이면 되는 것 같습니다.

짚신도 짝이 있는데 나는 짚신만도 못해.
양말도 짝이 있는데 나는 양말만도 못해.
DNA가 미달인가 봐. DNA가 미달인가 봐.
어쩌라고, 어쩌라고, 어쩌라고.

북극서점을 함께 열었던 친구와 제가 작은 방에서 아무렇게나 만든 첫 노래의 가사입니다. 제목은 '미달이'. 우리의 목소리에서 쇳소리가 났기 때문에 '일렉트릭 포크'라는 낯선 장르를 만들었습니다. 노래 가사를 외우지 못해 공연을 할 때마다 망했는데 다행히 서로 비슷하게 틀려서 누구도 탓할 수 없이 팀워크는 항상 좋았습니다. 당시 홍대의 잘나가는 여성 싱어송라이터들에게는 '홍대 여신'이라는 타이틀이 붙고는 했으나 저희는 그쪽으로는 요원하다는 것을 일찌감치 눈치채고 스스로 '홍대 신들린 여자들'이라는 별명을 붙였습니다. 물론 그조차 저희끼리 속삭이며 낄낄대는 것으로 그쳤습니다. 그렇게 조금 모자란 우리는 함께 북극서점을 만들어 마음껏 낄낄대고, 1년이 지나 사람을 세상에 내놓는 더 큰 일을 하기 위해 친구는 서점을 그만두었습니다. 저는 미련이 많고 질척대는 타입이라 5년째 이곳에 머물러 있어요.

텅 빈 장소 하나만 있으면 무엇이든 할 수 있다니요. 돌멩이로 세상에서 가장 맛있는 국을 끓이는 옛 동화가 생각났습니다. 세상에서 가장 맛있는 국을 끓일 수 있다고 장담하는 한 사나이가 마을에 나타나 빈 냄비에 물과 돌멩이를 넣고 팔팔 끓이다가 '아, 이 돌멩이만으로도 충분히 맛있지만 대파 하나만 더 넣으면 세상에서 가장 맛있는 국이 완성될 텐데.'라고 투덜거리면 지나가는 사람이 대파를 넣어주는 이야기입니다. 이런 방식으로 동네 사람들이 가진 산해진미가 모두 들어가서 결국 정말 맛있는 국을 만들어냅니다. 북극서점은 그런 공간입니다. 아, 정말 멋진 사람 한 명만 더 찾아온다면 세상에서 가장 재미있는 공간이 될 텐데, 하고 중얼거리면 어느 순간 그 사람을 마주치게 되는 곳입니다.

저는 이 서점을 사랑합니다. 잠깐일지라도 좋아하는 것과 진심으로 연결될 수 있다는 것. 어느 한 부분을 파괴하고 그것이 어떻게 변화할지 희망과 상상력을 가져볼 수 있다는 것. 그 한가운데 있습니다. 그러니 제가 훌륭한 사람이 아니어도 이곳을 함께 사랑해주시면 안 될까요? 세상을 위해 무언가 하지 않아도, 그저 눈에 띄지 않게 가만히 아침과 저녁을 구경해도, 이곳을 사랑해주시면 좋겠습니다.

연인이나 친구나 그런 분명한 이름이 아니더라도 어떤 서랍에도 들어가지 않는 '시간', 그리고 '존재' 그 자체로 남는 것이 있습니다. 저에게 북극서점은 직선의 일생에서 한때나마 평원을 만들어주는 의미 있는 존재입니다. 언젠가 무의미한 인생이 아니었을까, 의심하는 밤. 눈을 감으면 그 평원으로 돌아가 그곳이 몸에 꼭 들어맞는다고 느낄 수 있는 곳. 여러분들에게도 그런 존재가 있기를 바라요. 조금 춥더라도 등불을 켜고 가봅시다. 그곳은 반드시 있어요.

슬로보트

문화기획자로 북극서점을 운영하며 글을 쓰고, 노래를 만들고 있다. 인천 아트북페어 〈싱얼롱 페이퍼〉, 인천 북스토어페어 〈선셋서점〉 등을 주관했다. 다양한 강의를 통해 많은 사람들을 만났다. 슬로보트 정규 1집 〈섬광〉, 책 『고르고르 인생관』 등을 발표했다.

날일달월

—

길가에 놓인 긴 의자처럼
별것 아니지만 도움이 되는 공간

각박한 세상이라지만 책방에서 만나는 이들은 더할 수 없이 따뜻합니다. 이상한 일이지요. 책방은 마음 따뜻한 사람만 들어오게 하는 무슨 규칙이 있는 것도 아닌데 말입니다. 저는 혼자 생각해봅니다. '이건 책이 가진 힘 덕분일 거야!'

날일달월

날일달월
이야기

시작은 이랬습니다.

몇 년 전부터 방과 거실, 복도, 벽, 부엌에까지 꽂히다가 이제는 바닥에서부터 쌓여가는 책들을 보며, 한번은 정리해야겠다 생각하고 있었습니다. 게다가 독서모임은 점점 늘어서 동네 카페 다락방은 아침, 저녁 모임 예약으로 늘 우리 차지였지요. 모임 있는 날이면 혼자 옮기기 힘들 정도로 짐이 많았습니다. 함께 읽을 책을 공동으로 구매하고, 모임 할 때 쓰는 탁자를 꾸미려고 마련한 탁자보와 그 위를 밝힐 초까지 챙기면 언제나 가방은 서너 개. 마치고 나면 또 뒤풀이 장소를 구해야 했습니다. 그때쯤 "은퇴하면 아파트 평수 좀 줄이고 작은 책방 하나씩 하면 좋지 않겠어요?" 했던 한길사 대표님 말씀이 생각났습니다.

그래서 아파트를 딱 절반으로 줄이고 '날일달월'을 차렸습니다. 그즈음 의사 선생님 추천으로 읽고 있던 책에서 생채식을 소개받아, 먹는 것을 바꾸고 있던 터라 건강한 식사를 함께하고 책도 보고, 뒤풀이도 마음 편하게 할 수 있는 공간을 꿈꾸었습니다. 꿈과 현실의 차이가 얼마나 크고 불안한지 알면서도 일단 해보고 후회하자 했습니다.

생채식 식당과 작은 책방!

그렇게 해서 세상에 없던, 새로운 공간이 문을 열었습니다. 2017년 12월에.

어느 날, 베지닥터(식물식을 실천하는 의사, 치의사, 한의사, 수의사 모임) 전 회장님 소개로 생채식 식당을 찾았다는 황성수 선생님과 친구분이 물었습니다.

"뭐 하는 곳이에요?"

"사람들과 모여서 밤새 책 읽고, 독서모임도 하고, 밥도 먹고, 음악도 듣고, 그림도 보고, 영화도 감상하고, 술도 마시고…."라고 했더니 "돈은 안 되는 곳이구먼!" 하는 대답이 돌아왔습니다.

그래도 즐겁게 3년 반을 살았습니다. 지금은 건물도 사라진 구의동 서림빌딩 3층에서, 꿈으로만 그렸던 책모임도 하고 밥도 먹고, 진하게 뒤풀이도 하고, 영화도 보면서. 가끔 북스테이도 했습니다. 시작할 때 준비했던 운영비를 탈탈 털어 다 쓰고 구의동 날일달월은 문을 닫았습니다. 현실을 아프게 절감했습니다. 그러나 그보다, 이제는 단짝 친구가 된 손님들과 함께 가꾼 따뜻한 보금자리를 잃은 공허함이 더 컸습니다.

하지만 그것으로 끝이 아니었습니다. 1막을 내린 날일달월은 2막을 열기로 했습니다. 조금 더 따뜻하고 아름다운, 그 앞을 지나가면 "나도 책 읽고 싶다." 그런 마음이 생기게 되는, 노란 불빛의 서점(?)을 열 새로운 꿈을 꾸면서.

지난여름, 새 공간을 준비할 때였습니다. 두 달 정도 공사를 했고, 이사하고도 보름을 더 정리하고 준비해야 했습니다. 많은 분들이 지나다니며 "뭐 하는 곳이에요?", "책 읽을 수 있나요?", "우리 아이와 책 읽으러 자주 올게요." 인사했습니다. 젊은 아빠가 아기를 안고 오고, 온 가족이 함께 오기도 했습니다. 사람들이 "아! 책도 읽고 차도 마시고 참 좋겠다! 생채식까지 먹으면 건강해지겠어요.", "저희, 요 앞에 살아요. 자주 올게요."라고 해주었습니다. 왠지 이곳에 이사 오기를 잘했다는 느낌이 들고 마음이 든든해졌습니다.

"날일달월이 생겨 이 골목이 환해지고 예뻐졌어요."

아파트 사는 분이 주말이면 시골집 마당에서 가져왔다며 음료

세상에 하나뿐인 생채식 식당 겸 작은 책방에서는
책 읽고, 밥 먹고, 가끔 노래도 부를 수 있다.

수병에 꽂은 노란 야생국화를 한아름 들고 오십니다. 각박한 세상이라지만 책방에서 만나는 이들은 더할 수 없이 따뜻합니다. 이상한 일이지요. 책방은 마음 따뜻한 사람만 들어올 수 있다는 무슨 규칙이 있는 것도 아닌데 말입니다. 저는 혼자 생각해봅니다. '이건 책이 가진 힘 덕분일 거야!' 하고.

날일달월 주소는 지하 2층으로 되어 있습니다. 건물이 가파른 비탈길에 있어서 착각하는 분들이 많지요. 다행히 반쯤 지하 같은 공간이라 길에서 책방 안이 잘 보입니다. 문을 열고 나가면 바로 앞에 아주 크고 유명한 광진정보도서관이 있는데 전망도 좋고 책도 엄청나게 많은 곳입니다.

"책이라면 공짜로 얼마든지 빌릴 수 있는데 이런 곳에서 과연 책을 팔 수 있을까요?", "이 작은 동네책방이 살아남을 수 있을까요?" 손님들이 이런 걱정을 해주십니다. 괜히 우리 편이 생기는 것 같아 마음이 따뜻해집니다. 이렇게 조금 더워진 마음을 저는 또 누군가에게 전하고 싶고, 누군가와 나누고 싶습니다.

책방을 열고 나서, "백 권만 팔 수 있으면 된다! 하는 마음으로 책 한 권 만들었는데 한번 보실래요?" 팔리지 않을 책인 줄 뻔히 알면서도 책을 펴내는, 책 만드는 이들의 열정과 진정을 존경하게 되었습니다. 그래서 정성껏 소개하고, 함께 읽고 싶은 마음으로 책장을 채웁니다.

저는 또 책 읽는 분들을 더 좋아하게 되었습니다. 가끔 처음 온 손님이 내가 은밀히 좋아해서 펼쳐놓은 책을 들고 계산대에 서면 가슴이 콩닥거립니다. 한 번 더 눈을 마주치고 웃음 짓게 되지요. 뒷모습을 향해 제가 만들어낼 수 있는 가장 따스한 시선을 보냅니다. 마음속으로 "고맙습니다." 작게 인사하면서.

사람들이 모이고 이야기를 나누다 보니 하고 싶은 일이 자꾸 생겨납니다. 지난 가을에 다시 시작한 한점미술관 전시와 코로나로 잠시 쉬었으나 다시 시작하게 될 독서모임들, 금요시네마, 좋은 희곡 읽기 모임, 심야책방, 책 만드는 사람 이야기, 논문 발표회, 작은 음악회, 나의 서재 이야기, 작가와의 만남, 첫 책 출판기념회, 잔치 선물하기….

책을 정리하고, 다양한 모임을 준비하고, 생채식까지 차려 내면 하루가 금세 갑니다. 일손이 모자라 전국에서 온 채소를 다듬고 씻고 재료 준비하느라 하루가 가고 나면, 내가 지금 책방 일을 하는지 식당 일을 하는지 헷갈려서 책장 앞에 우두커니 서 있을 때가 많습니다. 그럴 때 "날일달월 다시 열어주셔서 고맙습니다.", "암 진단받고 처음 하는 외식이네요.", "책도 보고 건강한 밥도 먹고 너무 좋아요." 이런 말을 들으면, 저는 꽃향기를 맡으면 힘이 솟는 꼬마 자동차가 됩니다.

별것 아닌 것 같지만 도움이 되는.

– 이소영(『별것 아닌 선의』에서)

날일달월이 꾸는 꿈입니다.

매일 날일달월 간판을 보면서 그 꿈을 되새깁니다. 날일달월이라는 이름처럼 이곳에 오는 이들이 하루하루 몸과 마음에 건강을 쌓아가기를 바랍니다. 산책하다가, 운동하러 나왔다가, 누구나 슬쩍 편하게 들어올 수 있는 동네책방. 나이 든 사람들이 편하게 갈 수 있는 책방이면서 아픈 사람들을 위한 책방, 독서모임 한번 해보고 싶다는 분들을 위한 곳, 책 읽고 싶은 마음이 저절로 생겨나는 곳, 사람과 책이, 사람과 사람이 우정과 환대로 만나는 곳, 작은 기쁨을 서로 나누는 곳, 누구나 오래 가슴에 품은 작은 꿈 하나를 펼쳐보게 하는 곳이 되고 싶습니다.

길 위의 긴 의자처럼 인생길에서 지쳐 쉬고 싶을 때 들어와, 좋은 책과 음식으로 몸과 마음을 충전하는 곳, "이제 다시 걸어볼까!" 용기 내게 해주는 곳이 바로 날일달월이면 참 좋겠습니다.

여희숙

책 읽기, 책 읽는 사람, 책과 관련된 모든 것을 좋아하고, 2046년 한글반포 600주년을 준비하며, 서울에 하나밖에 없는 작은 책방+생채식 식당을 운영 중이다.

시옷책방

—

호기심과 꿈을 응원하는
출판단지 옆 심학산 아래 작은 책방

내가 빙빙 돌았을 때 책이 나를 품어준 것처럼, 우리 책방이 누군가에게 따뜻한 동굴이 되었으면 좋겠다. 그러다가 자신의 상상을 펼쳐 "저도 책 한번 써봤어요." 하면 좋겠다. 책방에서 꾸준히 글쓰기와 독서모임을 하려는 이유이기도 하다.

시옷
살롱
책방

행복한 기억을
공유하는 공간

책에 얽힌 기억들

어릴 때 우리 집에는 조그만 다락방이 있었다. 계단 몇 개를 올라가서 고개를 180도 돌리면, 선반에 문학 잡지가 나란히 긴 줄로 서 있었다. 다락방답게 조그만 창 앞에는 오후 햇살과 먼지가 가득했다. 책과 이불 같은 짐으로 가득했던 다락방은 한 사람이 엎드려 책을 보기 딱 알맞을 만큼 공간이 남았다. 나는 창가 쪽에 엎드려 누워 이미 다 읽은 동화책을 몇 번이나 다시 읽곤 했다. 가끔은 고등학교 문예부장이었던 넷째 언니의 문학 잡지를 펴보았다. 이해가 될 듯 말 듯한 글들을 읽으면 마치 어른의 영역을 내밀히 들여다보는 것 같아서 심장이 쿵쾅거렸다.

우리 집은 형제가 많았다. 만화책을 빌려 오면 말 그대로 '본

전'을 뽑았다. 무슨 만화책을 빌려 오라고 지시하는 사람은 넷째였다. 언니가 가장 좋아하는 작가는 엄희자였다. 언니는 꼭 엄희자 작가의 신간을 빌려 오라고 하고선, 그 책이 없으면 김민이나 이근철, 그도 없으면 임창과 이상무 작가… 같은 식으로 빌려 올 순서를 다 정해주었다. 언니 덕분에 어린 동생들도 만화를 보면서 전작주의자가 되어갔다. 그 당시에 본 만화 중 내가 꼽는 명작은 김민의 『비』다. 엄마는 만화책 보는 걸 야단쳤기 때문에(그래놓고 손님이 오시면 돈을 주며 만화방에 가 있으라고 했다), 빌려 온 만화책은 이불 속에 감추거나 다락방에 두고서 조금씩 꺼내 읽었다. 시리즈일 경우, 서열 순서대로 언니들이 1권을 먼저 잡고 동생들은 줄줄이 앞사람이 다 읽기를 기다렸다. 앞사람에게 어서 보라고 다그치고, 거꾸로 뒤의 순서에게 재촉을 받기도 했다. 그러다가 엄마에게 들키면 함께 야단을 맞았다. 우리는 엄마가 보이면 얼른 이불 속으로 만화책을 감추고서는 방금 본 장면의 다음 장면이 궁금해 안달했다. 만화책이 재미있었고, 만화책을 봤던 그 시간도 정말 재미있었다.

중학생인 다섯째는 도서부장이었다. 언니는 동생들을 위해 도서관의 동화책을 계속 집으로 날랐다. '아, 도서부장을 하면 마음대로 책을 빌려 올 수 있구나….' 가난했던 집의 여섯째, 일곱째, 여덟째는 중학교에 가서 모두 자발적 도서부장이 되었다. 도서부장은 권한이 막강해 도서관 출입에 시간을 구애받지 않았고, 누구보다 먼저 책을 빌릴 수 있었다. 중학생이 되면서 나는 집 대신에 도서관에서 노는 시간이 많아졌다. 대출이 안 되는 백과사전을 펼치는 것도, 아이들에게 책을 대출해주는 것도(우리 학교 사서 선생님은 2학년 도서부장 아이들에게 책 대출 업무를 맡겼다) 너무 즐거웠다. 지금 가장 오래된 친구도 그때 같이 도서반을 하던 친구다.

딸만 여덟. 어릴 때 가구 조사를 하면 사람들은 우리 집 이야기를 듣고 두 번 놀랐다. 많아서 한 번, 모두 딸이라서 또 한 번. 나는 막내 앞이었다. 집에서 그다지 관심 대상이 아니었다. 그건 좀 편하기도 하고 좀 외롭기도 한 거였다. 거기다가 어릴 적 몸이 약하고 놀이 같은 걸 못해 마음대로 친구들과 어울릴 수가 없었다. 술래잡기, 다방구, 오징어게임을 하면서 편을 가를 때면 내 위 언니나 동생은 서로 자기편으로 데려가려는 인기인이었고, 나는 늘 '깍두기'였다. 언니 '빽'이 있어야 놀이에 끼는 경우가 많았다. 놀고 싶어도 같이 놀자는 말을 못 해 하릴없이 빙빙 도는 일이 잦았다. 그럴 때면 나는 털레털레 집으로 돌아와 다락방에 박히곤 했다. 책은 언제든 내게 곁을 내주었다. 가끔은 이야기를 읽다가 마구마구 상상을 부풀려 나갔다. 내 마음대로 주인공이 죽기도 하고 행복해지기도 했다.

살면서 나의 가장 큰 방황기는 30대였다. 세상이 마음에 들지는 않는데 내가 무얼 해야 할지도 잘 몰랐다. 다큐멘터리 영화를 만들겠다고 다니던 출판사를 그만둬놓고는, 생계를 위해 다시 책을 만들고 있을 때였다. 문득 내가 큰 병에 걸린 게 아닌가 싶은 여러 증세가 나타났다. 술도 많이 마실 때였다. 병원을 갈까 말까 며칠 고민하면서 만약 시한부 선고를 받으면 어떡하지, 그럼 무얼 할까, 내가 가장 하고 싶은 건 뭘까…. 이런 질문을 해봤다. '원 없이 여행'이라는 답이 나올 줄 알았는데, '원 없이 책 읽기'가 하고 싶은 것 1순위였다. 책 만드는 일에 지쳐 있을 때라 내가 구한 답은 나를 놀라게 했다. 다행히 병원에서는 큰 이상 없다는 이야기를 해줬다. (나는 그 이후에도 책 만드는 일에 파묻혀 책 읽기를 게을리하는 시간을 이어갔다)

책방을 잘할 수 있을까

그랬다. 책을 생각하면 행복한 장면이 먼저 떠오른다. 방황기인지 그보다 전인지 모르겠지만, 언젠가부터 나는 3층 로망을 꿈꾸었다. 1층 책방(만화방), 2층 사무실, 3층 집. '로망 속 책방'에 누군가 혼자 들어와 책을 보다가 주인장에게 말을 걸 듯 말 듯 하면서 두어 권쯤 책을 산다. 주인장은 모른 척 자기 일만 한다. 또 한 사람이 들어와 책을 몇 권 산다. 그러고는 구석에 박혀 뭐가 그리 재미있는지 책을 읽으며 혼자 웃고 난리다. 주인장은 책 속 장면

시옷책방에서는 콘트리트 벽을 이용한 작은 전시회가 열리기도 하고,
작가들이 '마감의 방'으로 활용하곤 하는 '작은 집'도 있다.
책방 강아지 봄이는 파주 생활만 8년째다.

이 궁금하지만 이번에도 꾹 참는다. 저녁쯤 되면 한 사람 두 사람 모여들기 시작한 책방에 대여섯 명이 앉아 시간 가는 줄 모르고 책에 관한 이야기를 나눈다. 간단한 술이 앞에 놓여 있고 누군가 활짝 웃으며 강하게 자기주장을 펼친다. 주인장은 가끔씩 끼어든다. 우정이 끈끈해진다…. 쓰다 보니 아, 이건 정말 로망일 뿐이다. 그래도 얼핏얼핏 그런 꿈을 꾸었다.

세월이 흘렀다. 집주인이 전세금을 너무 많이 올렸고 이사 갈 집을 알아보다가 우연히 출판단지 옆 심학산 아래 땅을 보게 되었다. 남편과 나는 이곳에 출판사와 집을 합친 건물을 짓기로 했다. 자연히 예전 꿈꿨던 3층 로망이 떠올랐다. 1층은 무조건 책방으로 만들자고 하고서 설계를 시작했다. 우여곡절을 거쳐 이사를 왔다. 무작정 책방을 열 수는 없어서 시간을 두고 준비하다 드디어 2021년 책방을 시작했다. 그사이 파주살이 10년이 되었고, 나는 자발적 파주 전도사가 될 정도로 파주의 곳곳이 좋아졌다.

책방 이름은 '시옷'이라고 지었다. 소동출판사, 심학산, 서패동(시옷책방이 있는 동네 이름), 사람, 술, 세상, 시, 소리, 식물, 생물학, 사랑하다, 심심하다…. 내가 좋아하는 많은 단어가 시옷으로 시작하고 있었다. 더구나 ㅅ은 사람 인(人) 자와도 모양이 같고, 읽던 책을 엎어놓은 모양과도 비슷하다.

책방 준비 중에 『막내의 뜰』 동네책방 행사 메일을 봤다. 책이 나오자마자 단숨에 읽은 터였다. 보는 사람에게 행복한 기억을 찾아주는 책이었다. 그래서 두근거리는 마음으로 원화 전시 신청을 했고, 전시와 함께 책방을 가오픈했다.

시옷책방은 출판단지와 심학산 사이에 있다. 책방의 1순위 큐레이션 장르는 독립출판물이다. 세상의 다양한 목소리를 들려주고 싶기에 얼마나 많은 사람들이 책을 통해서 자신만의 목소리를 내고 있는지, 세상에는 사람 수만큼이나 다양한 책이 있음을 알리고 싶었다. 내가 빙빙 돌았을 때 책이 나를 품어준 것처럼, 우리 책방이 누군가에게 따뜻한 동굴이 되었으면 좋겠다. 그러다가 자신의 상상을 펼쳐 "저도 책 한번 써봤어요." 하면 좋겠다. 책방에서 꾸준히 글쓰기와 독서모임을 하려는 이유이기도 하다.

앞으로 책을 중심으로 전시를 하고, 지역 주민과 함께 영화 보기, 함께 공연하기 등을 추진해보려고 한다. 보통 전시장 하면 하얀 벽을 생각하지만 우리의 벽은 노출콘크리트다. 처음엔 걱정했는데, 그 위에 그림을 거니 세상 따뜻한 공간으로 변했다. 맥주와 와인 등 가볍게 마실 수 있는 술도 팔 예정이다. 그러다가 가끔은 밤새 책 이야기도 해보는 거다, 『아라비안나이트』처럼. 그럼 혹시 아는가. 누군가는 나중에 이곳을 행복한 공간으로 추억할 수 있을지.

참, 시옷책방에는 따로 떨어진 작은 건물이 하나 있다. 일명

'작은집'. 우리는 작은집 옆 조그만 화단에 봄이면 튤립을 심고, 여름이면 백일홍을 심는다. 이 작은집은 '한 작가를 위한 전시 공간', '한 작품을 위한 전시 공간'으로 설계되었다. 창이 작은 대신 천창이 있다. 이 작은집은 '마감의 방'이라는 이름으로 운영하려고 한다. 시옷책방은 출판단지 근처라 작가, 편집자, 디자이너 등 '마감'을 앞둔 사람들이 많다. 그분들이 편히 마감을 할 수 있도록 돕는 공간이 되었으면 한다. 언젠가는 그분들의 책이 여기서 전시되기를 바라며.

책방을 준비하면서 수없이 던진 질문. 잘될까? 모르겠다. 그래도 우리는 해보기로 했다.

김남기

북한과의 접경지대이자 자연이 멋진 파주를 좋아하는 파주 시민. 남편과 함께 출판사와 책방을 운영하고 있다.

책과아이들

—

어린이가 어른이 될 만큼 긴 시간 동안,

어린이 청소년 독자들을 지켜온 동백나무 책방

나도 누군가의 '의미 있는 타인'이고 싶다. 아이에게 그림책 읽어주기는
이렇게 나의 정체감을 형성해주기도 한다. 의미 있는 타인!
온갖 잡무를 처리해야 하는 동네책방 아저씨가 꿈꿔볼 만한 일 아닌가!

BOOK
책과 아이들

'마당을 나온 수탉'이 지키는 동심의 마당

황선미 작가의 『마당을 나온 암탉』이 막 출간되었을 때 나는 16년째 대기업에 근무 중이었고, IMF라 빅딜로 많은 변화가 있던 시기였다. 그 와중에 『마당을 나온 암탉』을 읽었고, 주인공 잎싹의 여정에서 나를 돌아볼 수 있었다. 이런저런 생각에 잠겨 있는데 아내가 "당신은 지금 어디에 있는 거 같아?" 하고 물었다. 나는 망설임 없이 "양계장!"이라 대답했다.

"그럼, 왜 그곳에 있어, 당장 나와야지! 그래도 마당에는 있는 줄 알았는데. 타협하면서 그럭저럭 지내고 있는 줄 알았지." 하고 아내가 말했다. 나는 놀랐지만, 잎싹처럼 새로운 세계와 맞부딪혀보리라 생각을 굳혔다. 명예퇴직을 신청하고 기다리면서 아내와 앞일을 의논하며 책방 이전을 마음먹었다.

1997년 말 아내인 강정아 대표가 시작한 어린이책 전문 서점 '책과아이들'은 4층에 12평, 작은 공간이었지만 직접 목재를 고르고 창고 겸 걸터앉는 의자가 되는 책장을 설계해 사방에 책을 꽂을 수 있게 하고, 독서모임과 좀 더 큰 행사도 진행할 수 있는 공간을 만들었다. 다만 대중교통이 불편해 아기를 데리고 오는 부모들에게 미안했다. 그래서 공간도 늘리고 지하철역과도 가까운 부산교대 앞으로 터전을 옮기기로 한 거다. 두 번째 터전은 1층으로 실내 평수는 15평이지만, 층고가 높아 중2층으로 인테리어를 해 서가를 많이 갖추었다.

책방에서 내 역할은 청소부터 주택 관리, 컴퓨터 작업 등 하드웨어 부분이었다. 당시 빔프로젝터를 이용한 빛그림 이야기를 시도했고, 그 작업을 내가 했는데 밤샘 작업이 많았다. 그래도 아이들과 함께할 수 있는 시간이 회사 다닐 때보다는 상대적으로 많아 아이들과 놀고 책 읽어줄 시간은 만들었다. 그다음 해에 넷째가 태어났다. 우리 책방에서 기획한 학급문고 살리기로 한창 바쁠 때 아내는 만삭의 몸으로 마지막 순간까지 책방 일을 보다 직원에게 떠밀려 혼자 병원으로 달려가 한밤중에 넷째를 낳았다.

명퇴했을 땐 아내가 나에게 "당신, 살림을 해보지." 하더니, 넷째가 태어나자 육아를 해보라 했다. 살림과 육아의 경험이 없으면 사람이 안 된다나? 그래서 책방 카운터 뒤 작은방에서 갓난이와 큰 애들을 돌보며 책방 일을 했다. 책방에 좋은 책이 많으니 자연스레 아이들에게 책을 읽어줄 기회가 많았다.

한번은 윤기현 작가의 『보리 타작 하는 날』을 둘째에게 읽어주는데 보리 냄새가 났다. 어릴 적 시골 보리밭에서 맡았던 냄새다. 그 얘기를 아내에게 하니 멋지다며 자기는 부산 출신이라 보리 냄새를 모른다고 했다. 후각이 오래 남는 기억이라더니 후각적 체험이 살아나는 게 신기했다. 모리스 샌닥의 『괴물들이 사는 나라』에서도 저녁밥 냄새로 아이가 집으로 돌아오는 것을 비롯해 어린이책에서 후각적 자극은 무척 의미 있다. 동화를 읽어주다 보니, 이렇게 후각에서 시작해 사라졌던 어릴 적 기억이 하나하나 되살아났다.

존 버닝햄의 그림책 『검피 아저씨의 뱃놀이』는 4세 시기에 계속 읽어달라고 가져오는 책 중 하나다. 셋째는 한번 앉은 자리에서 열 번 이상 반복해 읽어달라 해 우리 아이들에게 수백 번은 읽어준 것 같다. 그렇게 읽어주다 보니 마음씨 좋은 동네 아저씨, 검피 아저씨가 내 삶 속에 깊이 들어왔다. 나도 누군가의 '의미 있는 타인'이고 싶다. 아이에게 그림책 읽어주기는 이렇게 나의 정체감을 형성해주기도 한다.

의미 있는 타인!

온갖 잡무를 처리해야 하는 동네책방 아저씨가 꿈꿔볼 만한 일 아닌가!

그렇게 아이들과 시간을 나누다 보니, 안 그래도 많은 책방 잡무는 밤늦은 시간까지 밀리기 일쑤였다. 한번은 박윤규 작가 만남 때 장편동화 『산왕 부루』를 빛그림으로 만들어 읽어주기로 했다. 먼저 내가 선행 작업으로 삽화와 자료 사진을 스캔하고 포토샵 작업을 한 뒤, 후속 작업으로 강 대표의 대본에 맞춰 플래시 프로그램을 이용해 빛그림을 만들기로 했다. 선행 작업 시간이 길어 D-day 전날 저녁 9시부터 후속 작업을 하게 되었다. 그러다 보니 둘이서 꼬박 밤샘을 하고 리허설도 없이 행사 시간 30분전에 완성, 부랴부랴 작가 만남을 진행했다. 다행히 별 탈 없이 마쳤고, 행사에 참여했던 한 아이가 "영화 한 편을 보는 것 같았어요."라는 짧은 평을 해 피로가 가라앉았을 뿐 아니라 『산왕 부루』로 영화를 만들고 싶은 꿈을 품게 되었다. 우리가 못 하더라도 우리 동화가 영화로 많이 만들어지면 좋겠다는 소원을 늘 이야기한다. 소원의 씨앗은 퍼뜨릴수록 가능성이 생기기 때문이다. 한참 뒤에 『마당을 나온 암탉』이 애니메이션으로 탄생했을 때도 대리만족하며 기뻐했고, 호랑이 부루가 한반도를 누비고 다니는 영화도 가능하겠다며 다시 떠올렸더랬다. 마당을 나온 수탉은 지금도 그 소원을 잊지 않고 있다. 늘 이렇게 일이 꼬리를 물고 꿈을 가져다준다.

그 덕에 책방 공간은 해가 갈수록 진화했다. 1층 15평과 중2층 공간으론 어린이책 행사를 감당할 수 없고, 동네 아이들을 위한 책사랑방 공간 확장이 필요해 2층을 인수하였다. 1층에서 2층으로 올라가는 내부 계단을 어렵게 구상하여 공사를 하였는데 이 좁은 공간 또한 아이들이 재밌어하는 곳이 되었다. 한 작가는 좁고 어두운 통로를 지나 넓은 2층 공간이 환히 펼쳐지는 모습을 엄마의 산도를 통과해 새 세상으로 나오는 출산 과정을 밟는 것 같다고, 그 소박한 공간을 멋지게 해석해주었다. 2층 책사랑방에서 작가와 만남, 회원의 날도 하고 마을 아이들이 자유롭게 책을 읽을 수 있게 되었다. 특히 2층 책사랑방이 만들어지면서 부모와 함께 책방에 오지 못하는 아이들을 위한 '한 반 아이들이 오는 서점 나들이' 프로그램을 개발하여 어린이집 아이들부터 어른들까지 한 반 단위로 옛이야기, 시노래, 그림책, 짧은 영상을 즐기도록 하였다. 물론 많은 시간을 요하는 준비 작업은 나와 아내, 직원들이 밤을 새서 준비해 자료를 쌓아갔다.

2009년엔 마당이 있는 책방을 지어 이전했다. 이도 '마당 있는 서점'을 10년이 넘도록 상상해온 덕이다. 하루 종일 축제를 벌인 이전 잔치에는 오백여 명의 회원들이 다녀갔다. 1층과 2층 공간에서 전시와 공연을 하면서 국수를 대접했는데 새 집 싱크대 하수구가 막힐 정도였으니 대단한 손님맞이였다. 이제 나는 규모가

커다란 유리창을 열면 너른 마당까지도 책방이 된다.
어린이도, 어른도, 고양이 파고도 책마당에서 자유롭게 책을 읽을 수 있다.

커진 공간들과 마당까지 관리하는 집사가 되었다.

3년 뒤엔 또 5층에 갤러리를 만들어 그림책 원화 전시를 시작했다. 첫 번째 전시는 김용철 작가의 『꿈꾸는 징검돌』이었는데, 강원도 양구에 있는 작업실까지 찾아가 원화를 빌려 차에 싣고 부산으로 내려왔다. 액자 작업과 전시는 모두 강 대표와 함께 둘이서 밤을 새우며 작업했다. 밤을 새우는 작업은 직원에게 시킬 수 없기 때문에 우리 둘의 일이 많이 늘어나 힘은 들었지만 전시 세팅을 완료하면 늘 보람을 느낀다. 단체로 오는 한 반 나들이 프로그램과 연계하여 전시하고 있는 그림책을 읽어주고 원화도 관람하게 한다. 글을 쓰는 지금은 51번째 전시로 '사계절출판사 도서전'을 하고 있다. 갤러리를 하면서도 또 다른 꿈을 꾼다. 좀 더 전문성 있는 그림책, 어린이책 갤러리를 만들고 원화 수장과 판매를 할 수 있으면 좋겠다.

공간이 다양해지니 독서 행사 아이디어도 솟아났다. '청소년, 가족과 함께 인문학을 읽다' 1기는 사계절출판사의 주니어클래식 시리즈로 시작했는데 출판사에서 적극 지원을 해주어 진행하기가 수월했다. 주제를 정해 책을 읽고 글을 쓰는 활동으로, 저자 초청 강연과 청소년들의 결과 발표회, 전시회, 수료식이 이루어진다. 현재는 16기가 공부할 주제를 정하고 있다.

회원의 변화에 따라 매달 하던 회원의 날은 매년 하는 만남잔

치로 바뀌어, 하루 종일 한 주제로 책방 안에서 독서 축제를 벌인다. 2014년 만남잔치를 위해 연극을 준비한 것이 '두근두근 당당하게'라는 생활 연극단으로 발전해서 많은 시민 배우를 배출했다. 동화를 각색하고 작곡하는데, 유아부터 시니어까지 배우로 참여할 수 있다. 가능한 한 시민 신청자 모두를 무대에 서게 하여 생활 연극의 취지를 살린다. 2021년 10월 진행한 14기 연극 공연 '어린이의 친구, 방정환'은 총 4회 공연이 이틀 만에 만석이 되었다. 코로나 전에는 매회 백여 명의 관객이 들어와 끝날 때까지 꼼짝없이 공연에 임할 수밖에 없곤 했는데, 이번엔 4회 공연이라도 삼십 명씩 백이십 명밖에 볼 수 없어 안타깝다. 생활연극팀 '두당(두근두근 당당하게)'을 이어가며 우리는 늘 동네 소극장 하나 만들자고 노래 부른다.

그 외에도 독서캠프, 세이레 책읽기 같은 자체 기획뿐 아니라, 도서관, 구청, 주민자치센터, 문화재단, 문체부와 협력하여 끝없이 일을 만들어낸다. 모두가 아이들과 어른들이 어린이문학을 즐기는 데 목적이 있다. 그래서 어린이문학 정신, 즉 동심을 오래 지키고 성장하기 바란다.

이제 돌아본다. 나는 양계장에서 나와 잎싹처럼 들판에서 주체적으로 살아가고 있는가? 지난 20여 년은 사람들이 덜 가는 길을 갔지만, 그 길은 강정아 공동대표가 앞장선 데에 함께한 것이다. 그래서 나는 어찌 보면 여전히 마당과 들판의 경계에 있지 않았나 생각한다. 족제비가 위협하는 들판에 홀로 내던져진 상태는 아니었다. 내 가족과 책방 식구가 나의 울타리가 되어주었다. 나 역시 그랬을 테지. 그동안 함께 들판을 택해 길을 낼 수 있어 다행이었다. 그리고 그사이 이 책방에서 아이들과 내가 성장했다. 지금도 여전히 꿈이 생겨나고 있다는 것이 그 증거다.

"꼬끼오!"

아직도 가보지 않은 길을 향해 고개를 끼웃 내밀어본다. 언제까지나 우리 식구들과 함께 한 발 한 발 내디디고 싶다.

김영수

네 아이의 아빠, 책방 집사로 들어주기 공양에 능하다. 어린이문학을 즐기며 책방 공동대표인 아내 강정아와 함께 책과아이들을 지고 간다.

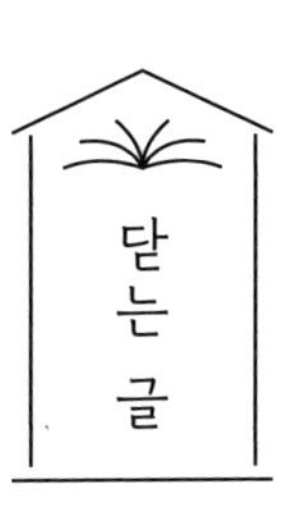
닫는 글

동네책방이 살아야
마을이 산다

제주도에는 왜 동네책방이 많을까

며칠 사이에 믿기지 않는 일이 일어났다. 2021년 9월 13일 제주도에 있는 그림책방 노란우산이 불탔다. 비가 많이 오면서 낡은 전선끼리 불이 붙었다. 15평 책방 안에 있는 책 이천여 권과 구할 수 없는 소장본, 차를 내리는 물건들이 모두 불에 타고 물에 젖었다. 나는 그 사실을 9월 15일 아침에 '전국동네책방네트워크' 전자누리방에 간단히 알렸다. 동네책방 백삼십여 곳이 모인 누리방이 들썩거렸다. 노란우산 재산 피해가 오천만 원쯤 났다. 모금을 시작했다. 이틀 만에 오천만 원 가까이 모였다. 모두들 놀랐다. 전국동네책방네트워크 회원뿐만 아니라 전국에 있는 동네책방, 출판사, 뜻을 함께하려는 사람 들이 선뜻 돈을 냈다. 기적이다. 마을에 있는 작은 동네책방을 지키려는 마음이 책방을 다시 살렸다. 동네책방을 살려야 마을이 살맛 나기 때문이다.

동네책방이란 무엇일까. 동네책방이 다른 책방과 다른 점은 무엇일까. 다음 세 가지로 본다.

1. 동네책방은 마을 사람들이 많이 오가는 곳에 있다.

2. 동네책방은 학력 중심 사회를 부추기는 학습지나 참고서를 팔기보단 문학, 인문사회, 교양, 어린이 책들을 판다.

3. 책방에서 여러 가지 문화 행사를 한다.

코로나19 바이러스가 퍼지면서 많은 가게들이 살기 힘들다. 물론 책방도 코로나 시대가 오기 전부터 힘들게 꾸려왔다. 그럼 사람들은 돈을 벌지도 못하면서 왜 동네책방을 하려는 걸까. 그 이유도 세 가지가 있다.

1. 책방 일꾼은 책을 좋아한다.

2. 책방 일꾼은 책방에 오는 사람들을 좋아한다.

3. 책방 일꾼은 책방에서 이루어지는 모임을 좋아한다. 책읽기 모임, 글쓰기 모임, 영화 보기 모임, 바느질 모임, 타로 모임, 작가와의 만남….

2014년 11월부터 부분 도서정가제가 시행되어서 올해까지 이어지고 있다. 짧게 말하면 책을 정가보다 10퍼센트 싸게 사고 5퍼센트는 적립을 해준다. 하지만 대부분 동네책방에선 정가에 책을 판다. 출판사는 작은 동네책방보다 큰 책방이나 전자책방에 책을 10~15퍼센트 더 싸게 준다. 이러니 동네책방은 큰 책방이나 전자책방과 가격 경쟁에서 이길 수 없다. 이런 이유로 도시에서 참고서를 팔던 작은 책방들은 많이 없어졌다. 하지만 큰 도시를 벗어난 마을에 있는 작은 동네책방들은 오히려 늘어났다. 특히 제주도에는 최근 5년 사이에 오십 개 넘는 동네책방들이 새로 문을 열었다. 제주도는 우리나라에서 살고 있는 사람 수에 비해 책방이 제일 많은 곳이다. 왜 그럴까. 세 가지를 떠올렸다.

1. 제주도에서는 사람들이 정가로 책을 산다. 제주도로 나들이를 온 사람들이 책값을 깎으려 하진 않는다.

2. 제주도에 있는 책방들은 바다나 오름, 밭, 마을 돌담이 있는 아름다운 경치를 품고 있다. 이렇다 보니 어떤 사람들은 제주도에 올 때 아예 책방을 중심에 두고 나들이를 한다. 제주책방올레다. 사람들은 아름다운 풍경도 보면서 책방에 들러서 책도 산다. 여행 업체나 한 번이라도 나들이 와본 사람들은 마을 책방에 꼭 가라고 알려준다.

3. 제주도에 있는 책방들은 약속이나 한 듯이 서로 다르다. 어떤 곳은 그림책만 판다. 어떤 곳은 작가 서명이 있는 시집을 판다.

인문사회과학 책이 많은 곳도 있다. 책도 팔지만 먹을거리와 마실거리를 잘하는 곳도 있다. 공간이 넓어서 책 읽기 편한 곳도 있다. 동네 아이들과 이장이 책방 지킴이인 책방도 있다. 독립출판물과 소품을 많이 다루는 책방도 있다.

이런 이유로 제주도에는 책방들이 점점 늘었다. 제주도에 있는 책방들을 보면 제주도 말고 다른 곳에 있는 책방들도 잘되는 길이 보이지 싶다. 물론 제주도에 있는 동네책방들을 그대로 따라 할 수도 없고 따라 해서도 안 된다. 마을마다 상황이 다르기 때문이다.

그럼 마을과 도시에서 작은 책방들이 살아남으려면 어떡해야 할지 살펴보자.

1. 완전 도서정가제가 이루어져야 한다. 지금과 같이 현금으로 10퍼센트를 싸게 해주는 도서정가제는 여전히 책방 문을 닫게 한다. 2021년 9월 5일 서울에서 25년 동안 책방을 했던 중형서점 불광문고도 문을 닫았다. 이렇듯 참고서와 학습지를 팔고 도서관 납품을 주로 하면서 살림을 꾸리는 책방들은 점점 더 힘들다. 전자책방으로 책을 아침에 주문하면 저녁에 받기도 한다. 10퍼센트 싸게 주고 5퍼센트를 적립하면서 택배비도 받지 않는다. 이래서 사람들은 전자책방을 자주 이용한다. 특히 코로나 시대가 되면서

전자책방 이용은 세 배가 늘었다.

2. 출판사는 모든 책방에 똑같은 가격으로 책을 주어야 한다. 지금은 도매상이나 큰 책방, 전자책방에는 정가에 50~60퍼센트 가격으로 주고 작은 책방에는 70~80퍼센트로 준다. 이렇게 해서는 작은 책방들이 살 수 없다. 유럽에 있는 많은 나라들은 완전 도서정가제를 하면서 책값 이익금으로 40퍼센트를 준다. 당연히 모든 책방에 같은 가격으로 책을 준다. 오히려 독일에서는 실물 매장에는 40퍼센트 이익금을 주고 전자책방에는 20퍼센트 이익금을 준다. 택배비도 독자 부담이다. 책이 일반 공산품과 다른 공공재라는 생각 때문이다. 마을과 도시에 있는 작은 책방을 살리려는 노력을 하기 때문이다.

3. 책방에 사람들이 오도록 애를 써야 한다. 가게를 하는 사람들은 누구나 손님이 많이 오기를 바란다. 책방은 책 읽기를 좋아하는 사람들이 온다. 그러니 새로 나온 책을 잘 갖춰놓아야 한다. 특히 풍경이 좋지 않은 도시에서 책방을 하는 사람들은 책을 더욱 잘 갖춰야 한다. 책방에 왔는데 읽고 싶은 책이 눈에 띄지 않으면 다시 오고 싶은 생각이 들겠는가. 나들이 온 사람들은 제주도에 있는 책방이 예쁘다고 말한다. 나는 그분들에게 이렇게 말한다. 첫째는 책 자체가 아름답다. 둘째는 책방을 잘 꾸며서 아름답다. 셋째는 책방에 오는 손님이 책방을 아름답게 한다. 아무리 좋

은 책을 구비하고 멋지게 책방을 꾸며도 사람이 오지 않으면 무슨 소용이 있나.

책방 일꾼은 다양한 책들을 잘 갖추고 날마다 책을 손으로 만지며 먼지도 털어내고 책에 어떤 이야기가 담겼는지 읽고 보듬어야 한다. 특히 손님이 오면 책을 골라줄 수 있도록 책을 꾸준히 읽어야 한다. SNS에 책방에서 일어난 일들을 자주 알려야 한다. 또 책방 안에서 모임을 잘 꾸려야 한다. 국가기관이나 사회단체에서 돈을 줄 때만 모임을 하는 것이 아니라 평소에도 모임을 꾸려야 한다. 코로나19 바이러스로 책방 안에서 모일 수 없으면 화상 모임이라도 해야 한다. 그렇다고 모임을 억지로 하면 힘들다. 책방 일꾼이 잘하고 좋아하는 모임을 열면 된다.

사실 지금 이야기한 것들이 모두 쉬운 일은 아니다. 도서정가제는 국가에서 도움을 주어야 한다. 책방에서 같은 가격으로 책을 받으려면 출판사들이 힘을 써야 한다. 책방을 잘 꾸미고 좋은 새 책을 갖추려면 돈이 든다. SNS를 잘하려면 책방 일꾼이 더 있어야 한다. 책방 일꾼이 모임을 꾸리면 사람들에게 힘을 받을 수도 있지만 힘들 때도 많다.

이 글 첫머리에 책방 노란우산이 불에 탔지만 여러 사람들 도움으로 다시 문을 열게 되었다고 했다. 이런 힘이 어디서 나왔을까. 책방 일을 하면서 만난 사람들이 힘을 모아서 그렇다. 그들이 그동안 완전 도서정가제를 이루려고 힘을 모으고, 좋은 책들을 찾으려고 이야기를 나누고, 사회관계망서비스에서 책방 일을 하면서 느끼는 기쁨과 슬픔을 나눴기 때문이다.

동네책방이 살아야 마을이 산다. 그런데 동네에서 책방을 하는 일은 참 힘들다. 그래서 책방 기본소득도 있어야 한다. 코로나 시대에 사람들이 살도록 나라에서 재난지원금을 주는 것처럼 말이다. 책방이 없는 마을은 문화 사막이다. 농사꾼에게도 달마다 돈을 주어야 살아남을 수 있다. 책방도 마찬가지다. 지금 바로 할 수 있는 일도 있다. 도서관과 학교는 마을에 있는 책방에서 정가로 책을 사주면 된다.

인문사회과학 책방 제주풀무질 일꾼

은종복

추천의 글

동네책방의 체취를 맡고 싶어집니다

책은 사람이 쓰고 사람이 읽습니다. 서점에는 쓰는 사람과 읽는 사람을 연결해주는 사람이 있지요.

책은 사람으로 연결되어 있는 생태계입니다. 안타깝게도 어느새 우리는 그 단순한 사실을 잊고 있었습니다.

향기라고 미화하지 않겠습니다. 체취라고 사실대로 말하겠습니다. 향수로 치장되지 않은 체취는 사람이 있기에 가능한 냄새죠.

책을 좋아하는 사람이라면 누구든 알지요. 책에도 체취가 있음을. 마법 같은 일이지만 글 쓰는 사람의 체취가 문자가 담긴 책에서도 느껴집니다.

당연히 책을 파는 곳, 서점에도 체취가 있습니다.

오픈마켓에서 팔리는 책과 동네책방에서 팔리는 책은 동일하지만, 유독 책방에서 팔리는 책에서만 체취가 느껴지는 이유는 거기에는 시스템이 아니라 사람이 있고, 알고리즘이 아니라 사람의 뜻과 마음이 있기 때문입니다.

이 책은 눈으로 읽지만, 눈으로 읽다 보면 자꾸 동네책방의 체취를 맡고 싶어집니다. 이 책에 담긴 체취는 한동안 잊고 있던 사람의 얼굴을 다시 생각나게 합니다. 서점 냄새 너무 좋군요.

니은서점 마스터, 북텐더, 사회학자

노명우

오롯이서재

경기도 남양주시 덕송2로6번길 28-22 1층

031-528-4789

www.instagram.com/orosyseojae

한양문고 주엽점

경기도 고양시 일산서구 중앙로 1388 (주엽동, 태영프라자) 지하1층

031-919-9511

http://hanyangbook.com

수상한책방

경기도 시흥시 장곡로35-1 302호

031-6336-4633

www.instagram.com/soosanghada

생각을담는집

경기도 용인시 처인구 원삼면 사암로 59-11

010-4325-8587

https://blog.naver.com/seangak

책은선물

제주특별자치도 제주시 한경면 신창5길 5 돌창고(깃발 걸린 곳)

010-4866-5738

www.instagram.com/books.are.gift

오래된 미래

충청남도 당진시 면천면 동문1길 6

010-3412-1830

반달서림

경기도 용인시 기흥구 동백4로 22 상가동 201호

031-286-2390

www.instagram.com/bandalseorim

진주문고

경상남도 진주시 진양호로240번길 8(평거동)

055-743-4123

www.jinjumoongo.com

초콜릿책방

서울특별시 서대문구 연희로5길 46-11

02-332-7573

www.instagram.com/chocobookcafe

국자와주걱

인천광역시 강화군 양도면 강화남로428번길 46-27

010-2598-3947

www.instagram.com/bookstoregookjajoogeok

그림책방카페 노란우산

제주특별자치도 제주시 안덕면 녹차분재로 32

064-794-7271

www.instagram.com/bookshopnoranusan

보배책방

제주특별자치도 제주시 애월읍 납읍로2길 15-1

010-4205-6672

www.instagram.com/bobae_books

제주풀무질

제주특별자치도 제주시 구좌읍 세화합전2길 10-2

064-782-6917

www.instagram.com/jejupulmujil

달책빵

제주특별자치도 제주시 구좌읍 대수길 10-12

064-782-4847

www.instagram.com/moonbookbread

책자국

제주특별자치도 제주시 구좌읍 종달로1길 117

010-3701-1989

www.instagram.com/bookimpression_jeju

소심한책방

제주특별자치도 제주시 구좌읍 종달동길 36-10
070-8147-0848
sosimbook.com

책약방

제주특별자치도 제주시 구좌읍 종달로5길 11
010-7361-2022
www.instagram.com/chaekyakbang

달리책방

제주특별자치도 제주시 한림읍 월계로 18
064-796-6076
www.instagram.com/dalli_bookcafe

책방 토닥토닥

전라북도 전주시 완산구 풍남문2길 53 남부시장 2층 청년몰
010-9028-3938
www.instagram.com/todakbook

북극서점

인천광역시 부평구 장제로 221번길 27, 2층
010-4733-1986
www.instagram.com/bookgeuk

날일달월

서울특별시 광진구 아차산로78길 7 유진스웰 B 202호

02-457-0102

www.instagram.com/nalildalwol

시옷책방

경기도 파주시 돌곶이길 178-23

031-955-6202

www.instagram.com/siotsalon

책과아이들

부산광역시 연제구 교대로16번길 20

051-506-1448

cafe.daum.net/bookandkid

세상에서 가장 아름다운 곳, 동네책방

2022년 4월 25일 1판 1쇄
2024년 2월 29일 1판 3쇄

지은이 이춘수, 남윤숙, 하명욱, 임후남, 정원경, 지은숙, 유민정, 여태훈,
이선경, 김현숙, 이진, 정보배, 은종복, 박주현, 고승의, 마스터J,
양유정, 박진창아, 문주현, 슬로보트, 여희숙, 김남기, 김영수

그리고 엮은이 강맑실

편집 김태희, 장슬기, 이은, 윤설희 디자인 김효진
제작 박홍기 마케팅 이병규, 이민정, 강효원 홍보 조민희

인쇄 천일문화사 제책 책다움

펴낸이 강맑실
펴낸곳 (주)사계절출판사 등록 제406-2003-034호
주소 (우)10881 경기도 파주시 회동길 252 전화 031)955-8588, 8558
전송 마케팅부 031)955-8595 편집부 031)955-8596
홈페이지 www.sakyejul.net 전자우편 literature@sakyejul.com
인스타그램 instagram.com/sakyejul

값은 뒤표지에 적혀 있습니다. 잘못 만든 책은 구입하신 서점에서 바꾸어 드립니다.
사계절출판사는 성장의 의미를 생각합니다.
사계절출판사는 독자 여러분의 의견에 늘 귀 기울이고 있습니다.

ISBN 979-11-6094-914-8 03810